实用对联大全

王军云 编

金城出版社
GOLD WALL PRESS
·北京·

图书在版编目(CIP)数据

实用对联大全 / 王军云编.—北京 ：金城出版社，2003.11(2020.11 重印)
ISBN 978－7－80084－538－3

Ⅰ.①实… Ⅱ.①王… Ⅲ.①对联－作品集－中国 Ⅳ.①I269

中国版本图书馆 CIP 数据核字(2003)第 094943 号

实用对联大全

作　　者　王军云
责任编辑　张礼文
责任校对　丁洪涛
开　　本　710 毫米×1000 毫米　1/16
印　　张　15
字　　数　120 千字
版　　次　2003 年 11 月第 1 版
印　　次　2020 年 11 月第 2 次印刷
印　　刷　三河市华晨印务有限公司
书　　号　ISBN 978－7－80084－538－3
定　　价　45.00 元

出版发行　金城出版社 GOLD WALL PRESS　北京市朝阳区利泽东二路 3 号　100102
发 行 部　(010) 84254364
编 辑 部　(010) 84250838
总 编 室　(010) 64228516
网　　址　http://www.jccb.com.cn
电子邮箱　jinchengchuban@163.com
法律顾问　北京市安理律师事务所（电话）18911105819

目录

第一章 春节通用对联

第二章 节日对联

第三章　婚嫁对联

第四章　生育对联

第五章 寿诞对联

第六章 挽 联

第七章 宅地对联

DI YI ZHANG CHUN JIE TONG YONG DUI LIAN

第一章　春节通用对联

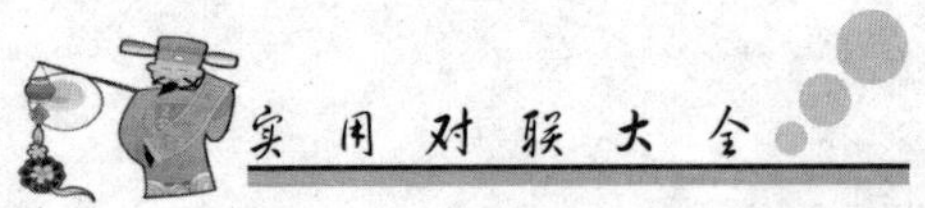

通用联

四言联

花开富贵
竹报平安

门迎百福
户纳千祥

物华天宝
人杰地灵

闻鸡起舞
跃马争春

一元复始
万象更新

四时吉庆
八节安康

年年大吉
岁岁有余

一年肇始
百业兴隆

三江生色
四海呈祥

新年献瑞
飞雪迎春

民康物阜
人寿年丰

迎春接福
除旧布新

春风送福
喜气临门

百花齐放
万木争荣

山间明月
江上春风

梅开五福
竹报三多

万民同庆
四海皆春

年逢大有
日过小康

神州巨变
祖国腾飞

四海生色
五湖呈祥

年丰人乐
国富民强

十分春色
万里鹏程

诗书门第
陶淑人家

鸿鹄得志
桃李争春

岁通盛世
人肇华年

春回大地
福满人间

团结治国
实干兴邦

红梅吐蕊
绿竹催春

春风化雨
壮志凌云

龙兴华夏
燕舞阳春

岁当盛世
人逢华年

勤劳致富
科学兴邦

喜辞旧岁
笑迎新春

风调雨顺
国泰民安

万事如意
四季平安

人和政稳
世盛邦兴

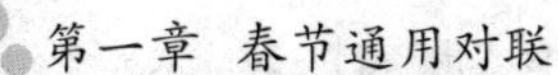

山河溢彩
岁月流金

天然图画
一曲阳春

城乡比赛
山海扬辉

国家兴旺
人民安康

腊梅报喜
飞雪迎春

大吉大利
新年新春

春光似海
盛世如花

牛耕绿野
虎啸青山

年丰人寿
景泰春和

小康在望
大业敢创

一夜腊去
五更春来

五星高照
四海欢腾

励精图治
振兴中华

日新汉德
天福华民

国强民富
政通人和

万事如意
五谷丰登

龙腾虎跃
水啸山吟

云霞呈秀
梅柳争春

春回大地
福满人间

莺歌燕舞
虎跃龙腾

乾坤正气
日月光华

山明水秀
气淑春和

风调雨顺
国泰家安

山青水秀
地利人和

九州溢彩
四海生辉

东风浩荡
壮志凌云

人逢盛世
岁值华年

年年大发
岁岁有余

天工开物
人庆和年

和风喜雨
瑞雪祥云

春风吹绿
江山映红

江山不老
祖国长春

天增岁月
春满乾坤

白雪融腊
红梅赋诗

国光蔚起
民气昭苏

阖家欢乐
举国欣慰

百年大计
一代新风

爆竹辞旧
桃符迎春

励精图治
除旧布新

年年如意
处处春风

千古不凋
四时常新

春临宅地
喜上梅梢

风迎岁月
雪兆丰年

四海生色
五湖呈祥

江山如画
大地同春

春风浩荡
国运昌隆

巨龙奋起
祖国繁荣

光辉小院
喜驻门庭

春为岁首
梅占花魁

年年吉庆
岁岁平安

小康在望
大业敢攀

祥光满室
瑞气盈门

万事如意
四时平安

华灯飞彩
喜炮迎春

所逢盛世
喜庆新年

门庭载福
梅柳迎春

人增壮志
国展宏图

福星高照
万事亨通

天开淑景
人乐丰年

阶前风暖
径外花香

太平有象
幸福无疆

江山壮丽
桃李芬芳

冬迎梅至
春伴燕归

隆启家业
盛开德华

普天同庆
大地皆春

祖国繁荣
人民安定

福随春至
富伴勤来

唐虞盛世
天地长春

百业兴旺
五谷丰登

人勤春早
物阜年丰

河山溢彩
华夏增辉

梅香五岳
春满九州

一家瑞气
万里春光

千帆竞发
百舸争流

红楼旭日
绿柳芳春

梅传春信
竹报佳音

三阳开泰
两岸连心

春满神州
霞飞华夏

华堂春暖
兰室香熏

梅花祝福
门第生辉

花开锦绣
雨送吉祥

春花烂漫
岁月峥嵘

九州安定
万众团结

康平盛世
礼乐人家

国兴善政
民乐新春

业兴来者
龙有传人

胸怀国计
心存民生

岁旦更始
时乃日新

五言联

一元初复始 万象又更新	民奔小康路 国臻大治年	黄金新岁月 锦绣好前程	门含千山秀 楼览四海春
一岁春为首 百花梅占先	新风开盛世 春色壮神州	国登强盛境 人过富裕年	新春添美景 盛世荡清风
一新春气象 六合福人家	日照三春暖 花开万里香	淑气腾佳节 和风蔚早春	清言歌盛世 美酒贺新年
一村山水秀 十里稻花香	门外山河美 庭前草木新	兴邦多上策 富国仗良谋	神州臻百福 盛世集千祥
五斗助吟兴 千杯壮雄心	风来花似笑 春到鸟亦歌	新风开当代 春色耀人寰	新春添新景 佳节报佳音
八方盈正气 四野荡春风	青山添秀色 碧海泛春潮	祖国春如海 人民力胜天	春风添画意 岁月赋诗情
八方春日荡 四海景妖娆	凯歌盈大地 春色满人间	曙光昭物彩 淑气焕人文	神州逢春绿 江山映日红
轻烟芳草地 微雨杏花村	曙光迎盛世 旭日耀新春	政通千家福 人和万户春	梅花喜瑞雪 芳草迎春晖
云霞开锦绣 草木弄新姿	庆洽时方至 春来日渐长	云霞腾丽日 龙马啸春风	骏马驰千里 东风暖万家
江山千古秀 日月一时新	迎春度福日 足食丰衣年	春催杨柳绿 花放山河新	花开春富贵 竹报岁平安

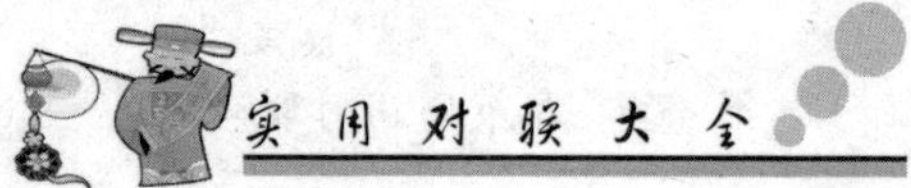

岁岁皆如意
年年尽平安

燕剪芳菲锦
溪流翡翠川

同心兴大业
携手振中华

寒尽桃花嫩
春归柳叶新

处处春光好
家家气象新

政策威力大
改革舞台宽

铁肩担事业
妙手绣江山

有天皆丽日
无地不春风

春风吹岱岳
光明照中华

兴邦多壮志
举业在华年

腊月初临福
新年又报祥

乾坤风雷荡
大地日月新

桃红含甘露
柳绿带春烟

庆新春肇始
祝大业终成

春来千枝秀
冬去万木苏

琴书千古意
花木四时春

燕语新年喜
龙腾大地春

华屋辉生壁
春山绿到门

国安民有福
民富国无忧

万家腾笑语
四海庆新春

祖国前程美
人民幸福多

同修富裕路
共建文明村

政善山河美
天清日月明

长歌遍华夏
春风满神州

廉风清大地
正气振中华

欢歌飘四海
妙舞颂三春

花随春意发
富自政通来

一天如意锦
满地迎春图

与竹共修节
约梅同醉春

写兴邦颂史
奏创业新歌

池塘喜夜雨
庭院醉春风

一畦春韭绿
千里杏花红

富随科技户
福伴文明家

江山千古秀
华夏万年春

天寒梅骨傲
风暖草心香

人勤三春早
地肥五谷丰

山水含芳意
风云入壮图

江山添秀色
大地换新颜

祖国山河壮
人民岁月新

人勤生百巧
心正值千金

人醉辞年酒
家吟颂党诗

万家腾笑语
四海庆新春

梅花开五福
竹叶报三多

大地春光艳
农村气象新

大地春风暖
农民幸福多

新春歌盛世
佳节壮豪情

新年添喜气
古国振雄风

兴邦多壮志
举业在华年

土能生百福
地可纳千祥

江山添秀色
大地换新颜

喜民安国泰
祝人寿年丰

万里春光美
九州瑞气浓

天放三春景
人描四海图

一国兴世纪
万民乐长春

九域春潮涌
千家大业兴

风和日华丽
气澄天宇高

普天开景运
大地转新机

壮志思报国
忠厚可传家

江山留古意
家国树新风

伟业千秋固
神州万代红

院小胸怀阔
门低志向高

一夜连双岁
五更分二年

福自辛勤得
家凭节俭兴

天地英雄气
山河浩荡春

开门观世界
立志振神州

天地英雄气
风云浩荡春

闻鸡欢起舞
跃马喜争春

官正民心顺
风清社稷安

新春花烂漫
华夏业辉煌

历尽严冬寒
更知春日暖

苍松随岁古
绿竹与年新

神州神韵足
盛世盛情多

山河添秀色
大地浴春晖

人和春长在
政稳世乃安

爆竹声声脆
梅花点点红

群鸡鸣盛世
百鸟唱新春

家和百事顺
国泰万民安

乡村含春意
城镇入画图

日月千秋照
江河万古流

春暖人心顺
政廉国运昌

世界风雷激
中华岁月新

日照三春暖
花开九州红

黄金新岁月
锦绣好前程

门迎千里客
户纳四方财

迎春接福日
足食丰衣年

山川处处绿
农家户户红

燕舞莺歌地
花团锦簇天

九天开霁色
四海染春容

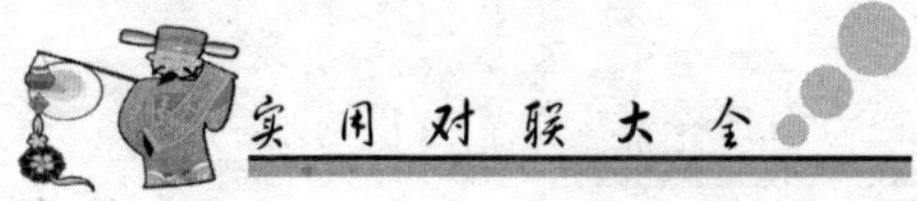

人民歌盛世
祖国庆长春

燕语千门泰
莺声万户安

烟柳千家晓
风华百里春

创千秋伟业
开一代新风

乾坤添春色
日月增光辉

雪飞梅争艳
春来柳更青

国家行善政
民众享康宁

同心兴大业
携手建中华

好景年年好
新春岁岁新

云锦天仙织
霓裳月娥裁

阳光凝大地
春色入人家

同饮迎春酒
互传致富经

神州藏黛色
华夏映朝晖

雪铺富裕路
鹊叩幸福门

雷鸣龙起蛰
春暖燕衔泥

兴邦创大业
强国绘新图

天增岁月寿
福满人间门

竹粉标新意
松风寄豪情

三阳临吉地
五福萃华门

江山千古秀
花木四时春

海阔凭鱼跃
天高任鸟飞

稻麦香四季
梧桐抱千门

安定春风畅
富强国力雄

红梅因雪放
喜鹊为春歌

日子天天好
生活步步高

谷乃国之宝
民以食为天

波平两岸近
月朗一家亲

青山拥旭日
碧水泛春潮

东风迎新岁
瑞雪兆丰年

远山浮春色
近水唱福音

百鸟鸣春意
五星灿国门

国强民富裕
日暖花繁荣

山河舒锦绣
桃李竞芳菲

林深云蔽日
果熟香流波

城乡千户晓
河海万方春

国期民众富
家望子孙贤

物华天宝日
人杰地灵时

花开香四季
家睦乐百年

长天飞捷报
特色壮神州

山河增秀色
天地播春晖

日出千山秀
花开万里香

春晖遍草木
佳气满山城

长中华志气
览世纪春光

年丰人增寿
春早福满门

国泰山河秀
人勤岁月甜

阳春开物象
山水作繁华

人民歌大治
祖国庆长安

锣鼓闹春节
爆竹舞彩花

风来花自舞
春到鸟能言

田园无限好
山河分外娇

跨峥嵘岁月
奔锦绣前程

天心随律转
人事逐年新

满门增瑞霭
阖户建文明

云霞开世界
草木健精神

心联千载业
手绘九州春

春风别旧岁
红日照新村

文明新世界
华夏好山河

吉门沾泰早
仁里得春多

写兴邦颂史
奏创业新歌

龙马精神健
江山春意浓

阶前生百福
檐下纳千祥

协力山献宝
同心土变金

国登强盛境
民奉赤诚心

鸡鸣唤春晓
人旺振家声

梅花闹春意
爆竹贺新年

家有千桩喜
门对一园雪

民殷思报国
岁稔喜迎春

牛如南山虎
马似北海龙

风正人必乐
官廉民自安

辛勤弹一曲
温暖送万家

人展鲲鹏志
国呈龙虎威

虎啸群山峻
龙吟大海雄

一夜春风至
万树梨花开

人随春意泰
事共壮怀成

官廉百姓福
风正万年春

浓淡随人化
芬芳入面妆

人间春染尽
天下乐相融

天开新岁月
人改旧乾坤

正人先正己
循法不循情

贞刚自有质
事业无穷年

苦读千年史
笑吟万家诗

同修富裕路
共建文明村

财从勤俭聚
福自健康来

船前红与紫
湖外水如天

天蓝鱼生翅
海阔鸟伏波

文明辞旧岁
科技领先鞭

春晖滋寸草
惠政赋长歌

庭养冲天鹤
花飞出谷莺

户外千峰秀 窗前万木春	世稳千秋远 家声三凤齐	新风开盛世 春色壮神州	雪里江山美 花间岁月新
家和人益寿 睦邻门满福	红花映喜报 绿水织春光	清溪吟雅韵 皓月洒春晖	天朗春光美 家康喜事多

六言联

一声爆竹除旧 万户桃符更新	年丰人寿福满 柳绿花香春浓	两袖清风门第 四时和气人家
一岁川流不息 四方宾至如归	年丰德茂福盛 家旺国兴人和	新岁新年新景 春风春雨春花
一夜东风化雨 五更爆竹迎春	岁岁三春得意 年年万事开心	时雨当春乃降 好花应节而开
一代风流人物 千秋伟业宏图	岁岁柳颜相似 年年世态更新	眼下小桥流水 胸中大业宏图
一剪梅花献岁 千门爆竹迎春	悠悠乾坤共老 昭昭日月争辉	旧岁悉除旧弊 新春大树新风
四海旌旗映日 五湖战鼓催春	大地一片春色 中华无限生机	家富国强民乐 春浓日暖花香
千家欢歌笑语 一路骏马春风	人因勤劳多寿 户因节俭有余	南国黄蕉绿桔 北疆白雪红梅

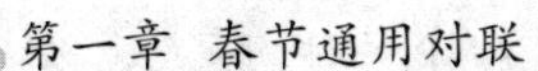

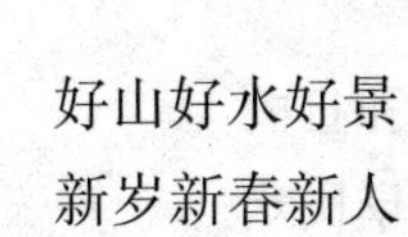

燕雀应思壮志
梅兰珍重华年

春种千山绿玉
秋收万顷黄金

好山好水好景
新岁新春新人

前程千帆竞发
盛世万象更新

祖国山明水秀
中华人杰地灵

处处繁荣昌盛
家家富裕安康

坚持团结奋斗
致力振兴中华

新岁新光新景
春风春雨春花

水笑山欢贺岁
鸡鸣犬吠迎春

笑问春归何处
喜看水绿江南

山碧千峰竞秀
水清百鸟争春

国贵安定团结
家宜节约勤劳

同心同德建国
克勤克俭持家

虎跃龙骧鹏举
花明柳暗春浓

江山春色如画
祖国前程似锦

户户金花报喜
家家紫燕迎春

喜创千秋大业
殷期万众小康

夜月琴声书韵
春风鸟语花香

风展红旗似画
春来绿水如蓝

时雨当春乃降
好花应时而开

旭日临窗送暖
东风拂面报春

国富星辰耀彩
政清日月生辉

岁去江山不老
年来松柏常青

田园风光绝好
农家岁月更新

梅报九州春色
旗开一代风流

家富国强民乐
春浓日暖花香

团结产生力量
知识构成财源

傲骨高风亮节
红梅翠竹青松

前程千帆竞发
盛世万象更新

军爱民鱼水情
民拥军骨肉亲

春暖风和日丽
年丰物阜民欢

铁手描山秀水
雄心强国富民

春满勤劳门第
喜融幸福人家

大地百花齐放
祖国万象更新

水秀山青春艳
月圆花好谷香

创造万千气象
建设两个文明

天赐一门吉庆
春来二字平安

文苑群芳斗艳
艺坛百鸟争春

风展红旗如画
春来绿水如蓝

江山如此多娇
风景这边独好

开拓路上春丽
改革枝头花繁

田野春光真好
农家岁月更新

国强家富人寿
花好月圆年丰

喜看江山似画
展望前景如花

东风入春化雨
汗水落地生金

喜报英雄门第
春临光荣人家

春种满田碧玉
秋收遍野黄金

壮志五湖四海
春光一刻千斤

春引百花竞放
雪兆五谷丰登

不靠苍天赐福
全凭白手起家

国泰民安欢乐
风调雨顺太平

年年五谷丰登
岁岁六畜兴旺

春到芙蓉国里
福临杨柳门前

万里江山泛绿
一堂炉火通红

人寿年丰福满
桃红柳绿春浓

承上下求索志
绘春秋振兴图

冬去山青水秀
春来鸟语花香

碧海苍山玉宇
春风旭日神州

处处春光济美
年年人物风流

放眼大千世界
讴歌锦绣中华

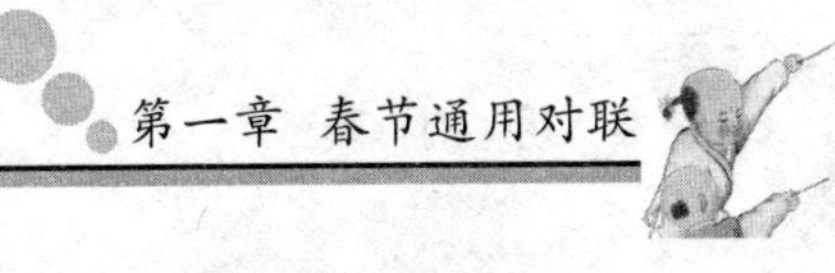

送走一穷二白
迎来万紫千红

冬尽梅花点点
春回爆竹声声

心似春花怒放
财如瑞雪翻飞

国富民强世盛
天时地利人和

荡荡乾坤不老
昭昭日月生辉

阅尽人间春色
领先时代潮流

千仞峰峦皆秀
万里江河竞流

雪映一天春碧
云浮四海清晖

新岁新光新景
春风春雨春花

百卉迎春斗艳
群英为国争光

岁岁三春得意
年年万事开心

功业长留天地
光辉永照人间

冬去祥光入户
春来喜气盈门

为创甜蜜事业
何辞雨露风霜

大业千帆竞发
明春万象更新

燕舞莺歌鹊笑
松风竹节梅香

惟俭惟勤创业
亦耕亦读传家

风正江山吐秀
心齐国运昌隆

大地风光旖旎
神州人物轩昂

桃红复含春色
柳绿更带朝烟

有竹有梅门第
半村半廓人家

家富国强民乐
春浓日暖花香

新年景新气象
好形势好兆头

春自寒梅报到
年从瑞雪迎来

欢歌笑语辞旧
爆竹华灯迎新

月明五湖曙色
潮满三江春光

国肇繁荣昌盛
民欣长治久安

守法奉公遵纪
尊长爱幼敬贤

月圆常念家国
花好倍思眷亲

开拓路途春丽
革新枝上花荣

泰运频书大有
昌期幸际升平

开源广辟财富
储蓄积累资金

雪压红梅皑皑
春归柳色青青

春织千山锦绣
旗扬万里雄风

水秀山明美景
风和日丽良辰

寒梅铮骨傲雪
桃李笑颜迎春

风展红旗似画
春来绿水如烟

门对千山景色
眼收万里春光

大地三春永驻
神州万古长存

四序先临首祚
万家同得长春

门前千亩沃土
仓存万石余粮

春织千山锦绣
旗扬万里雄风

山碧千峰竞翠
水清百舸争流

门上桃符献岁
家中幸福生根

春自改革唤起
富由开放得来

龙从海中跃起
凤自天外飞来

窗摄诗情画意
路连绿水青山

福满工农门第
春临劳动人家

借问春归何处
皆言福自群生

日暖风调雨顺
家和人寿年丰

改革顿开富路
承包立铲穷根

天增太平岁月
地产丰稔粮棉

东风入村化雨
汗水落地生金

放眼崭新世纪
振兴锦绣中华

山花争奇斗艳
农户致富迎春

时雨当春乃降
好花应运而开

国际风云多变
神州信念益坚

开发一方胜景
招来四海嘉宾

细雨无声润物
和风有意迎春

虎跃龙骧鹏举
春华秋实年丰

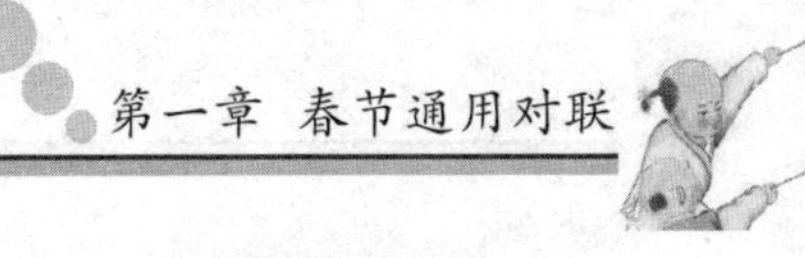

江山千秋永固
大业百世其昌

春雨松风梧月
茶烟琴韵书声

地灵更喜人杰
物阜又遇年丰

致富条条是道
图强步步登天

鹊立枝头报喜
梅开窗外迎春

河清海宴盛世
日暖花香新春

香梅含苞怒放
瑞雪吐絮迎春

孔雀开屏献美
画眉欢唱迎春

海阔天空眼界
鸟飞鱼跃心机

共赞文明当代
畅谈美好将来

骏马秋风蓟北
杏花春雨江南

九域同歌盛世
七音共庆丰年

丽日新天盛世
青山绿水长春

玉兔方归月殿
金龙已到人间

两袖清风门第
四时和气人家

幸福难从天降
丰收全靠地生

龙从海上跃出
春自梅梢飘来

描绘神奇世界
歌吟曲折人生

长歌欢别旧岁
宏图喜迎新春

丹凤朝阳起舞
蛟龙出海腾飞

领略神州风采
颂吟改革华章

祖国和风丽日
人家喜地欢天

好鸟枝头朋友
落花水面文章

民族精神不老
英雄本色升华

芳草遍地吐翠
群英满院生香

治山常留春色
植树造福后人

春播种子遍地
秋收果实满仓

竹报四时康乐
梅开五福骈臻

乡村地沃水美
祖国歌甜花香

春自寒梅绽放
福由喜鹊衔来

七言联

一元复始春为首
五谷丰登勤当先

一城花雨山河壮
满苑春风天地香

红杏枝头春意闹
绿杨烟外晓寒轻

一元复始呈佳气
万物更新起壮图

太平有象人同乐
天地无私物自春

雪飞梅岭梅含玉
春到柳堤柳绽金

一元二气三阳泰
四时五福六合春

地接九州归一统
天连两岸共三春

爱国当忧扬正气
助人为乐树新风

一年生计勤商酌
无限春光任剪裁

春情寄语千条柳
世第流芳万卷书

爱国丹心昭日月
兴邦壮志起风雷

一岁良辰千古节
百年正朔万家春

绿萼梅开江北暖
红棉花发岭南春

爱幼尊老人人乐
和亲睦邻处处欢

一百五日寒食雨
二十四番花信风

五湖春色浮天地
千岱青岚入画图

百川湍涌波涛急
万马奔腾气势雄

一门喜庆三春暖
百业兴旺万代昌

数点梅花添雅兴
一声爆竹报新春

百花吐艳春风暖
万象更新国运昌

一室图书自清洁
百家翰墨足风流

和风入户添瑞气
旭日临门得春晖

八骏日行千里地
七弦时谱万家春

一勤天下无难事
五好家中有新风

人逢盛世精神爽
岁转阳春气象新

白日依山腾紫气
黄河入海涌春潮

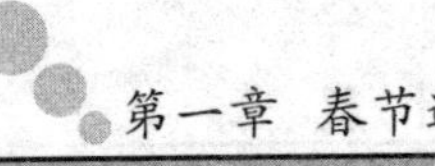

岁岁年丰添养满
家家幸福庆团圆

春风惠我财源茂
旭日临门人寿康

经济腾飞迎盛世
炎黄奋起鼓雄风

鲲鹏展翅乾坤大
桃李争春天地宽

辞旧岁岁岁如意
迎新春春春欢欣

胸中有竹春秋茂
心底无私天地宽

春风万里山山绿
旭日一轮处处红

华夏新天逢大治
神州丽日耀小康

春到人间争虎跃
喜传域外庆龙飞

举国江山俱似画
满天春色最宜人

门迎晓日财源广
户纳春风吉庆多

一寸芳心乡土恋
两岸同根手足情

青山不老国增艳
碧水长流年更丰

春铺南国千顷绿
旗展东风万里红

引进外资兴禹甸
招回赤子建中华

春风时雨花千树
子孝孙贤福满门

遍浴春光千竹翠
饱尝甘露百花红

朵朵寒梅因雪艳
双双飞燕为春归

向阳村舍春光媚
和睦人家幸福多

天泰地泰三阳泰
家和人和万事和

乐享天伦福似海
喜逢盛世寿如山

果熟粮丰呈富岁
花红柳绿饰新楼

爆竹一声欣除旧
桃符万笺喜更新

发家致富勤为本
创业立功德在先

日丽三湘春骀荡
龙腾四水岁峥嵘

一派生机迎晓日
万家灯火庆新年

沾衣欲湿杏花雨
吹面不寒杨柳风

南岭梅香迎岁始
东郊浅草试蹄初

道德之邦讲道德
文明古国尚文明

年逢大有升平世
日过小康幸福春

心地光明千丈霁
家庭雍睦四时春

迎新春春光明媚
辞旧岁岁月火红

新蕾绽开新春意
故园焕发故风流

千家桃李皆春色
万户屠苏不醉人

诗句且题新春节
酒杯不愧旧屠苏

春节一夜桃符满
德居四邻米酒香

鸟韵入帘时正午
花香浮动日初长

花好月圆春有吉
风和气淑院无寒

鹏程万里凌云志
伟业千秋揽月功

天增岁月人增寿
春满乾坤福满门

荡荡春风苏万物
霏霏细雨润群芳

旧岁已赢十度好
新春更上一层楼

江山盛世春风里
日月新天画海中

梅红塞北满天彩
柳绿江南遍地春

春风拂柳江河秀
细雨润花庭院红

燕舞莺歌歌盛世
国安家庆庆新春

门迎晓日财源广
户纳春风吉庆多

数点梅花添喜庆
几声爆竹道安祥

瑞气呈祥舒万物
财源有路富千家

康泰一家生百福
祥和二字重千金

九州喜庆三春日
四海欢呼大有年

人杰地灵家计裕
物华天宝国基宏

春上枝头花竞芳
国当盛世人同乐

雨打芙蓉笺夜雨
风吹芍药舞春风

四时美景从今始
万户春风此后多

春入春门春不老
福临福地福无疆

勤劳门第春来早
和睦人家燕去迟

春光明媚百花地
祖国富强万众心

松梅竹岁寒三友
桃李杏春暖一家

冬去红梅笑飞雪
春来绿柳舞和风

天近彩云连紫极
堂添东阁引青阳

白粉围墙客疑问
红墙瓦屋燕迷归

三湘地富千家富
九域春新万象新

雄心开创千秋业
妙笔绘成万代春

粮海棉山丰几载
桃红柳绿又一年

迈步小康平坦路
欢歌盛世舜尧天

天地回旋春讯早
乾坤运转喜事多

天地无私千里绿
家门有德万年红

举国欢呼今胜昔
合家共庆寿而康

春风化雨山山翠
政策归心处处欢

千秋日月千秋亮
一代风骚一代歌

山色湖光多画意
樵歌渔唱富诗情

岁月峥嵘须搏拼
年华潇洒莫蹉跎

美酒红灯歌盛世
银筝铜鼓报新春

欢娱晚景求多福
捡拾春光即是诗

四面青山披锦绣
三江绿水涌春波

天增岁月民增富
山变葱茏水变清

三山和风生柳叶
五岭春色泛桃花

新春共饮团圆酒
海峡同浇统一花

国事兴隆家事顺
财源广阔福源长

人逢盛世精神爽
岁转阳春气象新

树沐阳光欣致富
花承雨露庆发家

大有作为新岁月
无边光景好河山

人面如花朵朵笑
春风似酒阵阵香

九州瑞气迎春到
四海祥云降福来

好儿孙人人有志
新岁月事事开心

人人向上人人喜
步步登高步步新

且把桃符纪盛世
常将竹叶报平安

日见日新新气象
年比年好好风光

万家畅欢新年酒
百族喜赋富岁诗

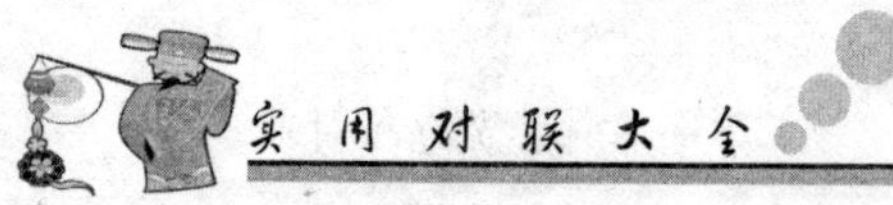

万象更新春光好
一年巨变喜事多

改革春风扬万里
英雄气概冠九州

万木争荣五岭翠
千帆竞发一江春

千门共贴迎春画
万户同吟祝福歌

布谷鸟鸣黄土地
迎春花展艳阳天

万水千山凭虎跃
五湖四海任龙腾

万朵钢花迎春舞
千里粮香随风飘

风和日丽春常在
国泰民安福永绵

万管玉箫歌盛世
千枝妙笔赞新风

千条绿柳迎春舞
满树红梅带雪开

碧水温柔抚朗月
青山豪放会春风

山欢水笑人心畅
雨顺风调节气和

干出世上惊天业
谱写人间动地诗

勤劳门第春风暖
俭朴人家美景长

人逢盛世居栖稳
运际阳春气象新

改革八方争报捷
登攀一路尽飞花

一天春雨红梅笑
万里东风翠竹摇

春光明媚百花地
祖国富强万人心

锦绣中华兴特色
风流人物数今朝

一声爆竹穷去也
八路财源富来哉

门对青山财源广
户迎绿水富根深

春风掩映千门乐
暖雨新开一径花

人逢盛世心欢畅
岁值华年国富强

冬去易生欢喜草
春来多种吉祥花

年年年头接年尾
月月月半逢月圆

人强马壮康宁日
囤满仓流富裕年

梅知运到添春色
鸟觉时来报佳音

爆竹声中催腊去
寒梅香里送春来

九州春色来天地
四海宏图壮古今

北疆白雪仍含冻
南国寒梅已报春

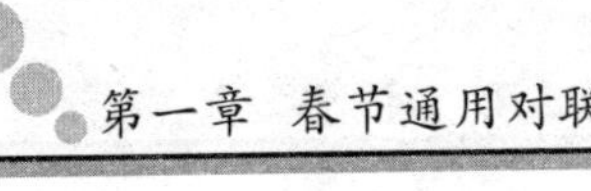

五湖四海皆春色
万水千山尽朝晖

时雨染成千里绿
春光不让一人闲

喜雨三江新绿涨
春风五岭早梅香

雪里梅花霜里菊
炉中宝剑火中钢

白雪无声梅斗艳
东风有动柳争春

春到堂前增瑞气
日临庭上起祥光

绿满川原山滴翠
春回大地路飘香

布谷催春春又到
开门见喜喜常逢

恭喜发财财到手
迎春接福福临门

举国江山俱似画
满天春色最宜人

遍地莺歌花似锦
漫天燕舞草如茵

新风好事天天遇
舜日尧天代代逢

潇潇春雨润桃李
处处园丁育栋梁

改革融入千家乐
开放带来万里香

风流人物英雄事
锦锈年华烂漫春

几点梅花几点雨
半含冬景半含春

映阶碧草生春色
隔叶黄鹂送佳音

松竹梅共经寒岁
天地人同乐阳春

智水仁山千古秀
琪花瑶草四时春

再濡塞北桃花雨
又绿江南杨柳风

天翻地覆旌旗动
燕舞莺歌日月光

福禄寿三星拱照
天地人一体同春

柳绿桃红春万里
烟消雨住日中天

云灿星辉皆是瑞
湖光山色最宜春

看松柏不知岁去
见杨柳方觉春来

快雪时晴春满屋
祥风和气玉生烟

时际三阳多淑气
家敦一乐有和风

人欢马叫中兴世
虎步龙骧改革春

风梳绿柳舒青眼
雪浴红梅点绛唇

无限生机来大地
满园春色映神州

良工琢璞如琢玉
志士惜时胜惜金

福伴骄阳蒸蒸上
喜随春水滚滚来

敬老爱幼家庭暖
倡廉戒奢事业兴

三胞共建兴邦业
四海齐吟一统诗

万象昭苏涵旭日
百花吐艳舞春风

新岁早商兴国计
雄心争作弄潮人

青山林茂千重翠
碧野粮丰万簇金

盼福望福福进户
想财招财财临门

洞庭自有千重浪
世上今逢万里潮

祝祖国前程灿烂
愿人民业绩辉煌

天时地利门庭吉
物阜年丰福禄长

春潮涌起千江雪
海域探来万斛珠

风和日丽春光好
法肃政廉国运昌

春景重临增幸福
世风好转振文明

希望工程播希望
文明国度创文明

中华鼎盛年年好
祖国腾飞事事新

政策拓开平坦路
春风吹暖小康家

政策催春春财旺
科学赐福福满门

百万里江山溢彩
五千年历史增色

长治久安兴国计
少生优育利民生

八方财富八方景
十里春风十里街

严惩腐败顺民意
大树清廉振党威

百业齐兴酬壮志
千帆竞发显雄心

三峡冰消舟放胆
五湖水暖鸭知春

祖国江山期长治
人间岁月重久安

喜庆丰收结硕果
笑谈致富出人才

百业沧桑惊世界
廿年改革壮中华

人勤春早政策好
雨顺风调年岁丰

雄心不与年华去
壮志宜随春意来

残雪逢春寒冰解
江山添翠芳草生

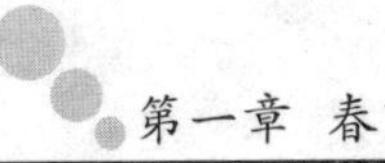

沧海横流磐石固
长城高耸画图殊

财随时日天天长
福伴春风岁岁来

苍山有意荣天地
皓月无私照古今

长春长乐图长治
大庆大兴歌大同

策马扬鞭奔大富
乘龙跨纪立强林

长征气概千秋敬
仁德家邦万代崇

一片欢笑除旧岁
几多喜事会新春

一帆风顺人安康
百业兴旺家富裕

三次腾飞振大地
一番改革换新天

四海皆春春不老
九州同乐乐无穷

四海春光随处好
满天雨露应时新

四海共饮盛世酒
九州同歌太平春

十年树木千秋业
一统江山万载春

雪消门外山山绿
花发枝头月月红

春到堂前增瑞气
日临庭上起祥光

翠鸟争鸣春意闹
红梅怒放喜讯传

云灿星辉皆是瑞
湖光山色最宜春

喜看春光遍宇宙
迎来世纪属炎黄

连天瑞雪千门乐
献岁祥梅万户香

堂开晓日光中好
人坐春风分外清

红叶满林花著雨
翠光摇户柳含烟

描天描地描日月
绘江绘海绘山川

龙腾虎跃改革迅
鸟语花香春意浓

鱼跃碧海赞海阔
鸟飞蓝天颂天高

一代英雄逢盛世
十年树木颂春华

三春淑气盈门空
万里祥花焕斗文

人世间劳动为贵
家庭内勤俭为先

万水千山争飞跃
五湖四海喜迎春

万紫千红迎春早
日新月异喜岁增

大地春回花竞放
新天日出鸟争鸣

风和日丽花常放
吏正官清民自安

春风荡荡河山秀
旭日曈曈大地新

日丽江山生瑞草
春来华夏绽香花

百业齐兴酬壮志
千帆竞发显雄心

宏图待展加油干
风物长宜放眼量

为民常具青云志
报国永怀赤子心

国泰民安环宇庆
家和人寿满园春

十分春色文明户
万里鹏程创业人

山舞银蛇丰岁至
林穿紫燕彩云归

特色神州富四海
小康岁月乐千家

日暖三江五湖水
春到千村万户门

五谷丰登人人喜
六畜兴旺处处欢

自学成才诚可贵
勤劳致富最光荣

国重人才春似海
民尊科学福如潮

文明风气宜千载
锦乡年华又一春

嫣红姹紫三春早
康乐富强四季欢

孩童合唱迎春曲
戚友相投祝福词

古人不作今人老
新历初颁旧历除

时逢盛世心花艳
春到人间气象新

联写腾飞抒壮志
人因改革展奇才

五湖春色浮天地
千黛青岚入画图

千帆竞发风和顺
万马争驰路康庄

青山绿树知多少
华屋高楼又三村

风拂柳丝千村秀
雪润桃花万户红

硕果累累辞旧岁
歌声阵阵庆新年

东邻早酿丰收酒
西舍新成致富楼

民和五族文明盛
运启三阳景象新

枝头梅绽新春丽
海角龙腾伟业兴

一年生计春为首
万事成功志在先

辉煌业绩惊天地
绵绣江山入画图

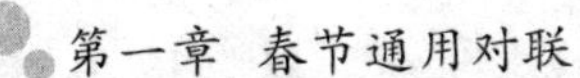

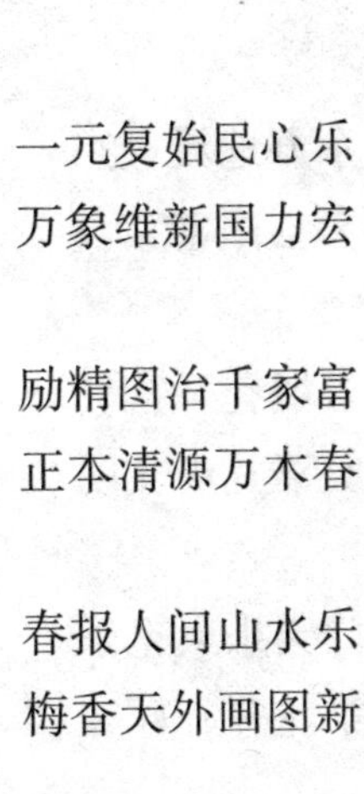

一元复始民心乐
万象维新国力宏

政通人和民富足
俗淳风厚国昌隆

五岭山歌传喜讯
三江渔唱起春潮

励精图治千家富
正本清源万木春

家祥世衍无疆庆
国泰天泰不老春

长风劲送千帆远
瑞鸟齐鸣万木荣

春报人间山水乐
梅香天外画图新

山青水秀风光好
人寿年丰喜事多

鸟寻花径知春到
鱼跃龙门带雾飞

万紫千红春烂漫
五风十雨景妖娆

千山叠翠千山画
万水扬波万水琴

发财只有勤中找
致富惟能苦里求

高奏凯歌辞旧岁
猛擂战鼓庆新春

千村画栋连云起
四季鲜花遍地开

庭前绿竹迎风舞
座上嘉宾对酒歌

门迎晓日财源广
户纳春风吉庆多

无限阳春回大地
几番瑞雪兆丰年

果熟粮丰呈富岁
花红柳绿饰新楼

八言联

物阜年丰春临大地
山欢水笑气贯长虹

瑞气盈庭一门兴旺
甘霖沃野五谷丰登

雨露无私桃红柳绿
河山有主物阜民康

云涌吉祥风吹和顺
花开如意竹报平安

画里江山飞花点翠
枝头梅鹊斗艳争春

山青水秀九州如画
鸟语花香四季长春

村村富裕家家欢乐
月月称心岁岁丰登

国事升平山河壮丽
春风浩荡草木芳菲

改革创新兴家兴业
安定团结利国利民

富国兴家一元复始
改天换地万象更新

国色天香香飘万里
山青水秀秀润千年

山青水秀阳春有脚
人寿年丰幸福无边

春回大地百花争艳
日暖神州万物生辉

风和日丽百花齐放
人杰地灵万姓皆欢

中华崛起山河竞秀
民族振兴日月争辉

雪满千岩山高月小
春来万里水流花开

岁增岁岁岁风光好
年复年年年气象新

爆竹声中人间改岁
梅花香里天下皆春

年年过年年年不虚度
岁岁别岁岁岁不蹉跎

碧海晴空大鹏展翅
丹心热血雏燕乘风

政合群情勤劳果结
春回大地科学花开

政策英明人民安乐
春光艳丽桃李芳菲

政策随心百业兴旺
春风得意万象更新

济济英才心存治国
莘莘学子志在兴邦

月朗风清万家团聚
民安国泰千载难逢

珍惜海晏河清盛世
描绘国强民富宏图

执政廉明人民有幸
为官清正公仆无私

满眼皆春有声有色
一身是胆无畏无私

开门迎春春回大地
抬头见喜喜满神州

日照东方地灵人杰
春临赤县国富家兴

处处春风花开富贵
家家笑语礼尚文明

喜盈门天乐人也乐
春及第花开心亦开

龙飞腾捷报传四海
虎生翼奇迹扬五洲

福星高照长空溢彩
万事亨通大地流金

爱春争春春光无限
惜时抢时时辰有余

树立勤俭节约风气
发扬艰苦奋斗精神

长城内外惊天画卷
大江南北动地诗篇

九州春色莺歌燕舞
四海征程虎跃龙腾

开门迎春春风扑面
抬头见喜喜报满园

国事和平一家团聚
春光浩荡四境安宁

丰衣足食劳动为本
延年益寿卫生当先

五岭三山花天锦地
千家万户笑逐颜开

春花满眼欣逢佳节
秋实盈门共庆丰年

辉煌文化喜添新页
锦绣河山大展宏图

九州大地山欢水笑
万里蓝天日丽风和

岁岁迎春年年如意
家家纳福事事吉祥

爱幼尊翁中华美德
和邻睦里社会新风

中华腾飞鹏程万里
祖国崛起彪炳千秋

爆竹一声人间改岁
梅花数点天下皆春

北国南疆八方锦绣
东桃西桂四季芬芳

乐奏小康人迎四化
年歌大有春暖千家

大地回春日新月异
东风播彩柳绿桃红

安定团结人心所向
正本清源国运必兴

近悦远来转运百货
水程陆路惠利群商

红旗映日江山如画
白雪迎春前程似锦

乘风扬帆渔歌腾浪
归舟破浪锦鳞满仓

远涉重洋心怀故土
久羁异地梦萦家园

爆竹声声普天同庆
金鼓咚咚万众欢腾

一声爆竹废除旧岁
梅花数点迎接新春

内外交流东西咸备
城乡互助南北兼收

十亿神州景色绚丽
千秋伟业战果辉煌

一元复始九州同庆
八方和协四季平安

远景近景良宵美景
灯花礼花火树银花

兴邦有道江山不老
治国多方九州永春

一历与欧美亚同春
三才以天地人为本

鱼恋水水阔凭鱼跃
鸟爱天天高任鸟飞

祖国繁荣走富裕路
东风浩荡架幸福桥

三春常驻风华永茂
百业俱兴国运恒昌

瑞雪纷飞村村兆瑞
春风浩荡处处迎春

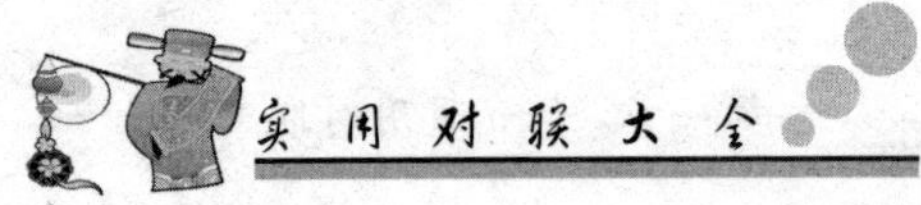

倒海移山豪情永在
改天换地乐趣无穷

世事文明春风入户
江山秀丽喜气盈门

谈丰收欲穷千里目
定规划更上一层楼

富国富民富歌嘹亮
春山春水春意盎然

大地欢腾春回有意
前程广阔日进无疆

嫁女婚男自己作主
生男育女一个相宜

大治天下春光永在
翻新山河美景无边

鸟语花香人勤春早
风和景明民乐年丰

旭日永临文明门第
春风常驻勤俭人家

国正芳年家图大业
人辞旧岁民盼小康

幸福家庭有诗有画
文明社会多义多情

生财莫忘崭新道德
致富须怀美好情操

吉星高照家迎万福
春光辉耀户纳千祥

葵花向阳五洲竞放
游子爱国四海同心

市场兴邦城乡共富
科技振国山海同春

心欢旧日山青水秀
意愿新元雨顺风调

大海方平千帆竞发
征途正远万马奔腾

雨顺风调年丰物阜
政廉策善世盛业新

家家户户欢欢喜喜
水水山山秀秀青青

富国兴邦人欢财旺
移风易俗地美天新

树尽摇钱青山送宝
泉皆化酒绿水流香

迎新春共庆山河壮
过佳节齐歌天地新

四海五湖同铺春景
千家万户均谢党恩

新岁开头抬头见喜
履端迈步动步生财

喜看大地莺歌燕舞
笑迎红日春色满园

春雨春风春花春月
新天新地新事新人

政善人和百业兴旺
风调雨顺五谷丰盈

世纪大业蒸蒸日上
万里山川欣欣向荣

春到神州百花吐艳
香飘原野万物生辉

福星高照长空溢彩
万事亨通大地流金

雪满千岩山高月小
春来万里水流花开

城乡协作共同富裕
工农联盟并驾齐驱

党如旭日永悬霄汉
民似诸星长拱北辰

阶前风暖径外花艳
北榭梅启东涧柳舒

杨柳动春风风色美
云霞结彩果果心甜

福临华夏三阳开泰
喜报新春四海呈祥

国色天香香飘万里
山清水秀秀润千年

大地欢腾春回有意
前程灿烂福来无疆

选贤任能惟才是举
励精图治昌盛可期

珍惜安定团结局面
发扬艰苦奋斗精神

梅花点点争芳千朵
炮竹声声欢乐万家

民欣岁岁安居乐业
国盼年年锦上添花

安定团结人心所向
正本清源国运必兴

寒去矣天开生人路
春来也地得放花时

夏日可畏冬日可爱
春山如笑秋山如妆

乘东风划破千顷浪
扬篷帆满载万担鱼

春光明媚山清水秀
社稷升平国泰民安

劳动致富致富有理
勤俭发家发家光荣

开拓新程云鹏展翅
振兴华夏天骥呈才

大道通天财源滚滚
高楼拔地笑语声声

莺歌燕舞一元复始
柳媚花明四海同春

党心民心心心相印
国事家事事事称心

大地春回江山聚秀
文明运启日月增辉

城乡携手购销两旺
工商同心市场繁荣

花木逢春花明似锦
人民有党人定胜天

大地锦绣春花烂漫
巨龙腾飞国运隆昌

尽力开源资财不竭
厉行节约周转有余

继往开来百折不挠
同心同德勇往直前

党风端正人民得福
国法严明天下归心

灵活经营财源茂盛
薄利多销生意兴隆

东西南北八方永泰
春夏秋冬四季平安

贺新春新人谱新曲
庆佳节佳话联佳姻

继往开来鼎新骏业
承前启后蔚起人文

高术精艺解痛救疾
白衣红心妙手回春

江山万里似诗似画
岁月千秋如火如荼

建设中华日新月异
开发西部水笑山欢

科技生财财源广进
信息致富富路宽通

宏图美景文明社会
绿树红楼幸福人家

加强法制江山永固
发扬民主百姓同欢

国事升平山河壮丽
春风浩荡草木芳菲

画里江山飞花点翠
枝头梅鹊斗艳争春

喜迎笑送来去高兴
东挂西挑买卖公平

国运宏开不违机遇
蓝图大展再上层楼

九域同舟民安国泰
八方共济物阜年丰

九言联

一声爆竹九州春意闹
八面欢声五岳金鸥鸣

万象更新成城集众志
千帆竞发破浪乘东风

山明水秀处处皆春色
年丰岁余人人尽笑颜

一夜连双岁岁岁如意
五更分二年年年称心

人间传喜讯一元复始
大地发春华万木争荣

山下清泉饱含爱民意
村头花果尽结拥军情

四柱撑大腰大国崛起
五星耀中华巨龙腾飞

大业奋群英闻鸡起舞
小康唤诸雄策马前驱

万树甘梅飞雪迎春到
千江绿水心潮逐浪高

百花争艳春色无限好
万象更新江山分外娇

天地有情春光解人意
风光无限政策暖民心

千秋大业从今日做起
万代幸福靠双手夺来

万紫千红满园皆春色
五风十雨遍地尽朝晖

翠柳摇风千林翔翠鸟
红梅映日万树绕红霞

自力更生创千秋大业
励精图治开万代宏基

壮志展宏图永无止步
丹心创大业岂可偷闲

捷报化红梅香笼千树
宏愿托爆竹响传万家

国兴旺年年风调雨顺
民有幸岁岁人寿年丰

以慧眼看人无物不照
凭良心做事随处皆春

集月露雨云面面似锦
写烟霞山水处处皆诗

路线正确门门招百宝
政策对头户户纳千祥

春风春雨引万般春色
新人新事开一代新风

淑气满神州闻鸡起舞
春风吹大地跃马争先

习习春风吹绿千层岭
彤彤旭日照暖万户门

迎新春春春春光明媚
辞旧岁岁岁岁月火红

把三春花露酿丰收酒
倾一腔激情唱幸福歌

雪霁欣江山红妆素裹
风和喜大地翠点花飞

牛肥马壮山村添生气
人杰地灵门户沐春风

春雨似甘霖丝丝入土
红梅如笑靥朵朵含情

春风劲吹壮乡千山秀
红日普照瑶寨万户欢

牧笛悠悠草原牛羊壮
渔歌漫漫水库鱼鸭肥

年年过年年华莫虚度
岁岁辞岁岁月勿蹉跎

仰啸长风早负凌云志
宏开大局常怀爱国心

奇迹不奇英雄能创造
远程非远良马自奋蹄

松竹梅三友同经寒岁
湘鄂赣八方共接新春

政通人和九州开泰运
风调雨顺四海庆升平

青山绿柳掩农户小院
秀舍红楼住文明人家

喜气盈门夫乐妻也乐
春光及第花开心亦开

风过雨后万壑千山美
冬去春来五湖四海新

绿遍田野田野翻绿波
春满神州神州涌春潮

立壮志为江山添锦绣
争朝夕与日月发光辉

鸟语花香观神州秀色
龙吟虎啸看华夏腾飞

早发和风捎来盈门喜
多情瑞雪降下满屋人

披荆斩棘开创新局面
发愤图强改革旧作风

大地播春光山青水绿
神州增秀色万紫千红

花好月常圆人民同寿
根深叶又茂天地长春

年复年年年国泰民富
岁增岁岁岁丰衣足食

桃符更新正气驱邪气
春光伊始今年胜去年

富民富国富歌飞四海
新天新地新风盈九州

翠竹掩红楼别开天地
青山依绿水点缀乾坤

爆竹知人意声声悦耳
梅花晓天时朵朵欢心

卫国保家为军人天职
同甘共苦得将士欢心

做社会公仆披肝沥胆
为人民服务竭智尽忠

创业勤如东山摇钱树
持家俭似南海聚宝盆

新春笑接人间千家福
丰岁喜看中华万物荣

虎劲犹存年老心不老
春风正暖花红人亦红

国富民乐山河呈瑞气
政通人和日月耀春晖

欢度新年家家彩灯艳
喜逢盛世户户春酒香

芳气催人人老雄心大
春光入户户新幸福多

学海无涯千舟齐奋发
书山有径万众竞登攀

为希望工程添砖加瓦
看风流人物富国兴邦

万木争荣人间添秀色
千山滴翠新岁壮精神

国泰民安众星朝北斗
风和日丽百鸟向南枝

好景年年好神州巨变
新春处处新经济腾飞

物阜民丰祖国年年好
日新月异家乡处处新

瑞雪千家江山银万里
春风一树物野绿千层

春色明媚神州千里秀
东风和煦祖国万年长

三代伟人运筹兴邦策
九州赤子高扬爱国旗

爆竹万千声人间换岁
梅花四五点天下皆春

建设祖国赖一代俊杰
指点江山有无数英雄

又是一年春春盈天地
再鼓十分劲劲满神州

为团体办事多谋善断
代群众当家大公无私

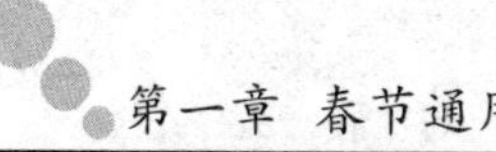

东风欲晓紫光临大地
万象回春生气满乾坤

五谷丰登好过小康日
万民欢庆喜迎大有年

喜气满门庭春来大地
凯歌传四海再夺丰收

学海里遨游勤奋作舟
书山中探胜多思是宝

年年过年新年新气象
岁岁添岁一岁一层天

千花吐艳江山千里秀
万民欢庆祖国万年春

日月光昭耀中兴人物
春秋笔挥歌盛世英雄

把酒庆新春春风浩荡
题诗歌盛世纪纪辉煌

看大好河山都成锦绣
望无边土地尽是黄金

改革兴百业神州起舞
开放通五洲中华腾飞

莺歌燕舞春风吹华夏
虎跃龙腾瑞雪洒神州

五谷丰登光景无限好
六畜兴旺经济大繁荣

创两个文明万人竞秀
做改革先锋百家争雄

春到小康人家家家乐
喜至勤劳门户户户欢

红日高照江山添锦绣
宏图大展日月增光辉

创业识英才芝兰并茂
治世有奇士桃李皆春

舜日尧天万民增福泽
和风甘雨四海沐春晖

方针得人心有山皆绿
政策符民意无地不春

十亿神州共驰千里马
城市建设更上一层楼

创业者主事事兴人和
明白人当家家富国强

政通人和九州开泰运
风调雨顺四海庆升平

一枝占春先临门五福
百鸟鸣腊后拱户三星

瑞气满神州青山不老
春风拂大地绿水长流

好景有望几枝梅似雪
丰年先兆千顷稼如云

初露峥嵘祖国山河壮
几番坎坷前程日月新

红日喷霞处处添画意
春风化雨点点动诗情

为时代列车奠基铺路
给革命长桥造柱锻梁

人心思治上下精神奋
岁月逢春江山气象新

春归柳叶田园无限美
寒尽桃花山河分外娇

重科学爱科学用科学
树新风创新风赞新风

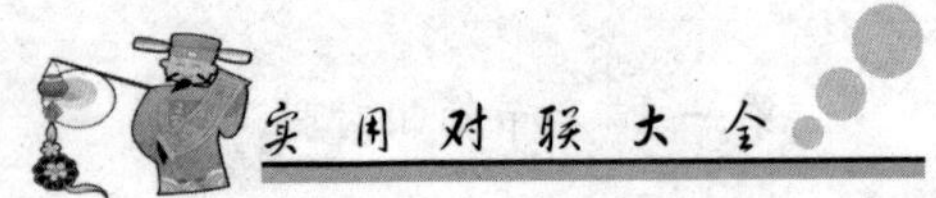

春暖花开庆新年美好
政通人和喜国运昌隆

瑞雪霭神州千门获福
春风荡华夏万物争荣

机器如日月长年运转
产品似江河万里奔腾

雄鸡一二声天下尽晓
瑞雪三五片人间皆春

爆竹声声把桃花吵醒
高楼处处迎燕子归巢

念故人千里云间笑语
有黄鹂数声笛里关心

十言联

一轮红日照耀新天新地
万朵鲜花铺满好水好山

天时地利人和风调雨顺
工喜农欢商乐国泰民安

八音响彻八方八方致富
七色光临七曜七曜增辉

山山水水处处明明秀秀
晴晴雨雨时时好好奇奇

千樽美酒共祝祖国昌盛
万支春歌齐唱人民富裕

开门见喜个个心花怒放
过岁迎新人人笑逐颜开

万盏华灯辉耀新春美景
千家喜炮唤来大地良辰

为子孙造福铁肩担日月
替祖国争光壮志改河山

万里江山重见尧天舜日
九州草木共浴时雨春风

文明经商货流五湖四海
礼貌待人心向万户千家

人寿年丰生活越来越好
风和日丽春光如画如诗

日月行天忠烈流芳百世
江山磐石英雄伟业千秋

放眼量千秋伟业垂青史
展翅飞万里晴空衬彩霞

辞旧岁爆竹声声人添喜
迎新春红灯闪闪国增辉

岁岁辞旧岁往岁逊今岁
春春迎新春来春胜去春

春联红人心暖笑声朗朗
鞭炮鸣民意顺歌舞翩翩

松香竹香梅香香风阵阵
天美地美人美美意重重

甘露无声绣出千红万紫
阳春有脚送来十雨五风

虎跃龙腾碧海黄山玉宇
莺歌燕舞春风旭日神州

庆新年千家万户贴红对
点春景五岳三山披绿装

乾转坤旋改变一穷二白
寒消春到迎来万紫千红

海岳烟霞引出满山锦绣
神州花信唤来举世文明

大地回春南疆日新月异
东风播彩北国柳绿桃红

春风催旧岁华夏百花艳
瑞雪兆丰年神州万象新

旭日临门喜见龙光凤彩
春风及第吹来兰气梅香

换旧符欢呼祖国曈曈日
开新宇喜看神州处处春

法制治国家家安居乐业
政策得心人人满面春风

伟大祖国迎来满园春色
英雄人民创造举世文明

山欢水笑国情般般如意
上慈下孝家事桩桩顺心

鞭炮声欢笑声声声悦耳
国家事人民事事事赏心

千家乐乐千家人人如意
政策好好政策户户称心

春起舞风拂大地捎新爱
燕飞翔语戏蓝天告旧情

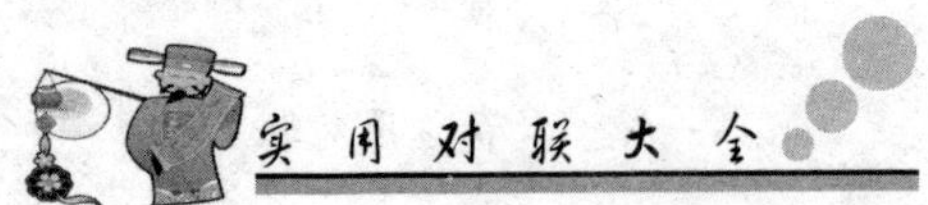

瑞雪无心抹去五颜六色
春风有意送来万紫千红

春花岁岁更新青山不老
时序年年除旧淑景长存

百业方兴到处五光十色
九州全盛应时万紫千红

腾飞年月江海随翻新貌
变革时期山河再展宏图

九州大地皆春春风惠我
万里河山造景景色宜人

家家户户处处干干净净
事事时时人人平平安安

数树红梅点燃千家喜爆
一轮朝日迎来万户春光

新春到山山水水添光彩
佳节来户户家家品酒香

旭日吐红大地遍开景运
春光溅玉普天喜布新机

晓日初晴海宇云霞呈秀
春风乍暖江城梅柳生辉

经营有方不在店大店小
前途无量何分年少年高

货连五湖四海价廉物美
客来四面八方笑逐颜开

讲文明生意兴隆通四海
凭信誉财源茂盛达三江

国兴旺家兴旺国家兴旺
老平安少平安老少平安

路线正春意自随人意闹
政策好心潮长伴海潮欢

崇尚文明古国重增异彩
发扬民主新华又展宏图

爆竹一声送走因循守旧
礼花万点迎来改革创新

乡乡香香佳肴香飘万里
镇镇阵阵礼炮阵传八方

展笑颜山笑水笑人也笑
迎新岁天新地新事业新

锁呐频频吹高奏丰收曲
彩龙翩翩舞欢唱阳春歌

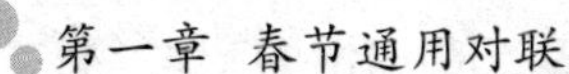

展笑颜山笑水笑人民笑
迎新岁天新地新事业新

滟滟江流映出满天霞蔚
声声爆竹迎来大地阳春

众志成城建立神州伟业
繁花似锦送来科学春天

自主经营厂家如虎添翼
大胆改革质量似锦添花

举湖海为杯祝人民幸福
谱春光入曲唱华夏多娇

识时机抛开近利谋远利
顾大局走出官场奔市场

锣鼓喧天共奏迎春妙曲
风雷动地同抒蹈海豪情

红梅开冻野千枝迎雪舞
绿柳发新柯万缕赖风裁

甘作园丁为江山添秀色
愿为春雨育桃李成良材

一缕梅香烘出无边春色
三声鸟语闹来万里祥光

你勤奋我勤奋人人勤奋
户文明村文明处处文明

喜迎春春风得意春常在
勤致富富水长流富有余

田野欣临春雨春风春景
农家喜有新衣新谷新家

稻谷飘香香透三山五岭
燕莺报喜喜盈万户千家

翻一面日历存百年基业
绘千幅蓝图兴万代子孙

雪沃新春欢舞清平世界
梅香小院笑迎康乐年华

喜丰年粮似金山棉似海
看成果山通公路水通桥

十一言联

一元复始瞩目欣看春来早
万象更新昂首敢笑燕归迟

雪月风花万里春光来大地
人文史地千山秀色满神州

一夜连双岁岁岁六畜兴旺
五更分二年年年五谷丰登

往事成烟放开大步追前骥
好春如海投入新潮献此身

五谷丰登欢欢喜喜辞旧岁
六畜兴旺高高兴兴迎新春

金鸡报晓共唱天下春色美
黄龙新跃喜看中华气势雄

千帆竞发几经风雨几经浪
万马奔腾一路凯歌一路春

绿柳垂金又是一年风光好
青山献玉依然十里杏花红

万象承乾处处春光寒转暖
三阳启泰年年淑景去还来

举湖海为杯祝愿人民幸福
谱春光入曲歌唱江山多娇

大陆台湾金桥飞架诚可望
同胞兄弟骨肉团圆定有期

双双巧手织春光春光无限
幅幅新图铺大地大地多娇

大地生辉四海皆春春不老
中华崛起九州同乐乐无穷

翠柏苍松装点祖国千岭绿
朝霞夕照染就江山万里红

白雪纷飞神州辞旧歌富庶
红灯闪烁江山迎新兆丰年

流水环门落花不随流水去
白云绕檐壮志恰比白云高

丰收岁月村村洋溢千般喜
幸福人家户户增添一枝春

祖国山河如此妖娆人共喜
神州气象这般壮丽众咸欢

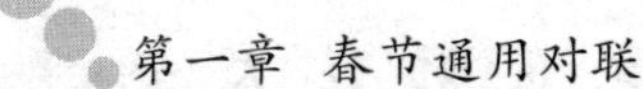

国富家富城乡富九州齐富
山新水新岁月新万象更新

国正华年改革花开春烂漫
人逢盛世文明风助业兴隆

春风送暖千山披彩千山美
红日临空万水扬波万水欢

爆竹声声五光十色花千树
梅花朵朵四海三江酒一盅

画栋连云燕子重来应有异
笙歌遍地春光长驻不须归

政策归心祖国江山期一统
春风得意人民天下自千秋

岁月无限巨龙腾飞可指日
历史有证中华崛起在今朝

团圆节日阖家畅饮团圆酒
改革年头举国大兴改革风

年年迎春年年添福年年乐
岁岁丰收岁岁有余岁岁欢

送旧迎新时雨染成千里绿
脱贫致富春同不让一人闲

大地回春万里山河开丽卷
小康在望千秋业绩入鸿图

梅吐红霞水色山光皆画意
柳含绿霭花香鸟语尽诗情

万木逢春三山五岭皆吐翠
百花得意万紫千红尽争荣

春回大地杨柳依依风光美
福至人间老少盈盈笑声甜

扎根边疆爱山爱水爱人民
保卫祖国尽心尽力尽职责

住新房着新装一房新家当
猪满圈粮满仓全家满春光

远望青山隐隐青山育秀木
近观绿水悠悠绿水孕惊涛

赤县惊风雷烟雨五颜六色
红旗麾日月春花万紫千红

美化环境千山拥翠展春景
治理污染万里呈碧织锦图

高楼拔地风光秀丽惊鬼斧
新桥接天景色壮美夺天工

碧野青田一方胜地收眼底
红楼绿树十里新城壮人间

江山如此多娇飞雪迎春到
风景这边独好心潮逐浪高

春山春水春意浓春色醉我
新天新地新景象新风宜人

东风得意任重路遥千里秀
化雨滋生山欢水笑九州春

醒狮一吼地动山摇震寰宇
雄鸡三唱人欢马叫展宏图

爆竹喧闹一代河山光夏甸
桃符焕彩几家门第乐春台

鼓乐齐鸣四海欢腾迎佳节
华灯怒放神州锦绣喜繁荣

天下皆春长街喜见胜利舞
人间改岁曲巷欣传凯旋歌

千秋功绩千秋文明千秋颂
万里神州万里春色万里辉

万象皆春春色春光春似海
新年纳福福天福地福如山

天地有情日月春丽春不老
古今无尽江河水清水长流

歌声笑声鞭炮声声声悦耳
家事国事天下事事事关心

柳絮凝烟风景千年留客赏
春潮带雨画图一幅任人描

长治久安百废俱兴开新宇
集思广益万众同心建中华

家福国福天下福福福同享
笑声歌声鞭炮声声声齐鸣

五千年辉煌文化喜添新页
九万里锦绣河山大展宏图

春回大地杨柳依依风光美
福至人间老少盈盈笑声甜

莺歌燕舞无边春色催干劲
柳绿桃红大好河山绿新姿

佳节佳期佳酒千杯酬佳友
新人新事新风百转谢新宾

大业方兴自古江城多俊杰
中原崛起于今楚地尽风流

千秋日月天红地灿歌声壮
万里乾坤人寿年丰画意浓

惠风和畅巍巍泰山拥旭日
春雨润泽滔滔东海泛春潮

画栋连云燕子重来应有异
笙歌遍地春光长驻不须归

一年活计春开路人勤地效
百代农家俭为先玉嵌金镶

日丽风和画出山河如锦绣
年丰物阜迎来大地尽春光

有政策撑腰岂怕说三道四
凭勤劳致富当求成百上千

红日高照全国共创小康户
经济腾飞普天同庆大有年

幸福家庭幸福节无边美景
文明社会文明人有庆前程

锐意改革知识人才双尊重
开拓进取物质精神两文明

春回大地梅花点点风光美
福至人间笑语声声梦里甜

文明古国励精图治兴新纪
华夏巨人继往开来展国魂

天地有情日月常新春不老
古今无尽江河永清永长流

青松翠竹万里河山春永驻
绿柳鲜花千层波浪事方兴

千秋传绩千秋文明千秋颂
万里神州万里春色万里辉

大业有成瑞雪皑皑辞岁去
节气更替红梅点点唤春来

大地回春喜见红阳消积雪
普天同庆欣逢盛世贺新年

除旧布新明知来者追往者
翻天覆地始信今人胜古人

东风得意任重路遥千里走
化雨滋生山欢水笑九州春

浓语一席畅谈去岁欢心事
美酒三杯喜庆今年如意春

入户闻家声礼乐诗书孝悌
卷帘看春色椿萱棠棣芝兰

先天下之忧而忧忧得其所
后天下之乐而乐乐在其中

腊鼓催春华堂共饮丰收酒
梅花映雪大地再描锦绣图

盼春迎春处处春春光永驻
念富致富家家富富水长流

国治邦安爆竹声声迎岁首
人和世盛桃符副副点春容

繁荣昌盛真乃物华天宝归
安定团结果然人杰地灵时

千古江山增秀色春光满院
万家人面映桃花喜气盈门

千秋日月天红地灿歌声壮
万里乾坤人寿年丰画意浓

瑞雪飘飘点缀寒梅枝上玉
春风习习吹开嫩柳叶中金

理水治山华夏千秋开异彩
改天换地神州万里着新装

物阜财丰四海升平歌大有
国泰民安五业兴旺庆小康

水笑山欢人勤春早年年好
花香鸟语国泰民安日日新

无私无畏坚持真理树正气
有胆有识克服阻力破难关

除旧布新明知往者非来者
掀天翻地始信今人胜古人

千古江山增秀色春光临阶
万家人面映桃花喜气满堂

年年进宝年年添福年年乐
岁岁招财岁岁有余岁岁欢

四十年政策归心人民放胆
九万里春风得意华夏扬眉

一年一度四时好雨知时节
三夏三秋五谷丰登谢谷人

机关团体春联

实事求是
以身作则

伟业千古
福泽万年

法严政通
政策归心

先公后私
舍己为人

九州安定
万众团结

春意无限
江山多娇

相信群众
依靠人民

实事求是
大公无私

兴利去弊
除旧布新

一身正气
两袖清风

胸怀国计
手办民生

四海风雷激
九州岁月新

按政策办事
从实际出发

知民间疾苦
保境内平安

政治从新制
河山改旧观

雄心创伟业
妙手写春秋

神州春意满
大地颂声高

红日悬赤县
春风暖神州

红日千秋照
江山万年青

有胆识骏马
无畏护良才

洞察民间事
研究时代情

奉公葆本色
廉洁育高风

为民办实事
给党添光辉

眼前皆赤子
头上有青天

畏威如复日
明鉴及秋毫

牢记人民事业
永葆公仆精神

俯仰一身正气
始终两袖清风

善政可资民富
廉风堪助国兴

处处替人民着想
事事与群众商量

举贤任能兴国计
精兵简政利民生

伸张革命正义
维护法制尊严

军民团结如一人
试看天下谁能敌

日月光华耀大地
人民伟业壮新天

做官须持大体
为政不在多言

愿与人民同甘苦
誓同山河共存亡

国颁善政英才众
节到新春喜气多

为民间造幸福
求天下得和平

功高不泯忠贞志
位显理存公朴心

兴华须有鲲鹏志
治国当怀马列心

民喜长治久安
国盼繁荣富强

干部为群众着想
人民替国家分忧

铁面无私党风正
执法有典民心安

坚持四项原则
建设两个文明

为民造福当公仆
替国分忧做主人

兴邦有策人民福
报国无私赤子心

实践检验真理
政策鼓舞人心

党树新风扬正气
民创大业绘宏图

加强法制江山固
发扬民主领导贤

做普通劳动者
当人民勤务员

政由德布宜崇德
官与民亲贵爱民

政通人和民乐顺
俗淳风正国昌隆

一身正气祛邪气
两袖清风拂歪风

整顿党风从我始
发扬正气自今朝

千秋伟业千秋美
万里江山万里春

任劳任怨挑重担
全心全意为人民

日出神州张正气
春来华夏展宏图

功高不傲千人敬
权大无私万众夸

雄关似铁天天越
捷报如潮日日来

加强法制江山永固
发扬民主百姓同欢

正党风万民歌大德
明国策九域乐小康

百花开放春风暖
万马奔腾国运昌

兴利除弊江山永固
选贤任能大业中兴

万里周流航行驾驶
四方和会海陆交通

一德同心百族睦
利国福民万邦和

如衡之平如镜之澈
乃玉其白乃冰其清

革故鼎新惟才是举
励精图治昌盛可期

爱祖国忠贞不二
为人民始终如一

开发财源为民致富
惟才是举替国进贤

兢兢业业为人民服务
老老实实向群众学习

检验真理靠实践
制定政策为人民

心存民生同百姓乐
胸怀国计先天下忧

看祖国前程信心百倍
望世界未来豪情满怀

励精图治全民福
正本清源万木春

有险必夷铁甲开路
无攻不克正义在胸

按经济规律发展经济
为人民利益造福人民

伸张正义顺民意
严明法制得人心

锦绣山河天长地久
安定团结国泰民安

树立正气以准则为镜
端正党风从己身做起

风调雨顺千家乐
政通人和万户春

日月知心三阳开泰
新老交替万古长春

与百姓有缘才来到此
期寸心无愧不负斯民

国事家事事事如意
党心民心心心相连

审理既精判文乃决
得情勿喜据律无私

建设中华赖一代俊杰
指点江山有无数英雄

选贤任能道之以政
明刑弼教职思其居

执法无偏今不异古
律身有度公而忘私

纤尘不染真诚当公仆
朴素无华老实做村民

选拔人才建千秋伟业
改革机构开一代新风

政策暖心头生无穷力量
江山来眼底看大好春光

为人民服务一腔热血
替群众理财两袖清风

与众同甘苦不搞特殊化
为民谋幸福愿为孺子牛

整顿党风从自身做起
树立正气以准则为绳

克勤克俭劳动人民本色
任劳任怨革命干部作风

工农携手共跨千里马
干群并肩同上一层楼

处世立身须有一腔正气
秉公尽职应无半点私心

门外四时春和风甘雨
案头三尺法烈日严霜

发扬谦虚谨慎优良传统
坚持实事求是科学精神

做社会公仆披肝沥胆
为人民服务竭智尽忠

胸怀革命利益坚持真理
甘为人民公仆不搞特权

庆佳节秦岭思念阿里山
度新春渭水情恋日月潭

军伍春联

凌云壮志
钢铁长城

人民子弟
祖国长城

提高警惕
保卫祖国

精忠报国
众志成城

坚如磐石
固若金汤

英雄门第
革命人家

铜墙铁壁
富国强民

战士千秋美
英雄百世芳

出没波涛三万里
保卫祖国十亿人

建设祖国
保卫国防

练出金睛火眼
筑成铁壁铜墙

号角晓吹九州曙
旌旗日照五星明

身在蓝天
心系大地

文能安邦定天下
武可治国保乾坤

英雄肝胆男儿血
祖国疆土母亲心

导弹架上弦
神州心中固

兴邦有策苍生福
卫国保家赤子心

人民战士千古美
革命英雄百世芳

柳营春试马
虎帐夜谈兵

人民战士称呼美
钢铁长城比喻真

万众一心卫祖国
千军协力固长城

士气安社稷
军魂镇关山

戈戟驰驱挥落日
旌旗彪炳舞春风

一片丹心卫赤县
万里碧空筑长城

三军雄虎节
万里壮龙韬

枕戈待旦迎新岁
跃马扬鞭接早春

攀高峰喜迎新春
搏长空捍卫蓝天

丹心扶社稷
铁骨护山河

春到军营增锐气
炮鸣前哨壮军威

舰穿浪峰生壮志
心随浪潮涌豪情

祖国领海固
人民幸福长

守海疆披肝沥胆
驭铁鲸破浪乘风

国防绿色缀春色
解放军歌壮军威

风尘三尺剑
社稷一戎衣

万里银帆征湖海
一片赤诚保神州

归田不失疆场志
解甲犹怀战士情

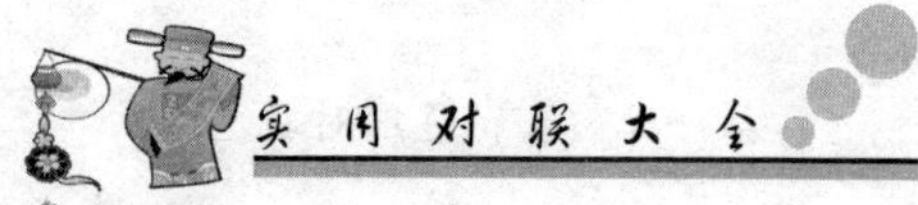

春到哨所添锐气
炮鸣前沿壮军威

鱼翔碧海赞海阔
鹰击蓝天颂天高

全民皆兵天下无敌
万里铁壁和平久安

春到柳营添瑞色
樽盈柏酒动欢声

鱼水相依情万里
军民团结如一人

兵气销融辉生日月
春光淡荡势展风云

保和平有理才打
为正义无战不胜

德洒疆场壮心不已
镇守边卡梦寐以求

民族威严山川增色
功臣喜报门第生辉

甘洒军人一腔血
换来边塞四季春

保国卫家匹夫有责
参军服役全家增光

同泽同胞剪除国耻
如荼如火严肃军容

令严钟鼓三更月
野宿貔貅百万兵

民富国强天下大治
兵精粮足社会小康

国家兴亡匹夫有责
民族盛衰兵民相关

解放军兵精将勇
现代化民富国强

英雄花开英雄门第
光荣灯挂光荣人家

有险必夷铁甲开路
无攻不克正义在胸

千家团圆英雄愿
万代和平战士心

人民长城坚如钢铁
祖国边防固若金汤

国法严明百姓皆歌
除害安民万众欢腾

军号嘹亮驱晨雾
步伐雄健迎朝阳

爱兵如子有战必胜
敬民若父无坚不摧

常备不懈守岛一条心
齐心协力建岛一家人

哨卡钢枪锃锃亮
战士目光炯炯明

钢铁长城安如磐石
英雄阵地固若金汤

卫国保家为军人天职
同甘共苦得将士欢心

军爱民情深似海
民拥军意重如山

兵不血刃攻心为上
将自弹琴夺神方高

战士珍惜祖国寸寸土
人民喜爱英雄拳拳心

雷锋精神扬遍五湖水
阶级情谊温暖四海心

跨骏马保边疆高山列队
握钢枪守国门青松结屏

面对南风窗口一身正气
驻守经济特区两袖清风

春酒年糕先要拥军优属
挡风御雪莫忘铁壁铜墙

防贼抓贼有贼休想漏网
爱岛守岛是岛都能扎根

卫国保家本是军人天职
分甘共苦当于将士欢心

练硬功保边陲已传捷报
逐豺狼反侵略再请长缨

无争权夺利心名标大树
有破敌摧坚势令肃前茅

常备不懈苦练杀敌本领
紧握钢枪守卫大好河山

腾空上天根生祖国大地
银燕穿雾心怀人民深情

赤胆忠心保驾护航兴伟业
绿装金盾摧枯拉朽显神威

铁鹰展翅机械师眉开眼笑
银燕远航飞行员意气风发

浩气山河万里春风偏占却
大功宇宙无穷星客任勾留

赤心骄子塞北江南创伟业
热血青年天涯海角守边陲

脚踏礁石十级风浪练本领
头顶红星一支钢枪保国防

螺号长鸣千里海疆传捷报
钢枪闪亮亿万军民筑长城

疏柳依依农家院落添新绿
青松挺挺军属门第多香风

骋九重天宇宙飞镖穿八极
波四万里南极红旗耀五星

放哨执勤平凡岗位平凡事
迎风冒雪钢铁长城钢铁人

革命前辈勇驾风云改世界
英雄后代敢教日月换新天

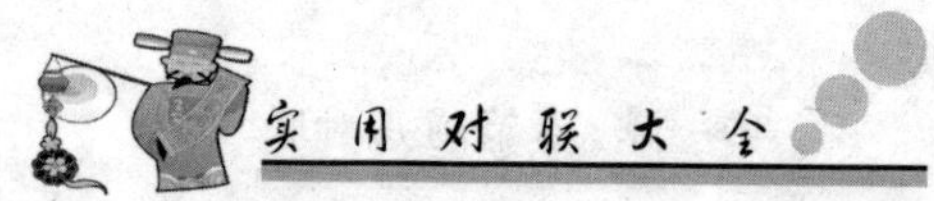

爬山卧雪热血融融化春水
戴月披星丹心昭昭映河山

定远投笔安知才子非勇士
木兰从军却道女儿是英雄

守土有责战士红心照日月
保疆无私边陲烈火写春秋

祝捷红花朵朵献英雄战士
立功喜报张张送光荣人家

社会团体春联

十年树木
百年树人

琴瑟在御
笙磬同音

古为今用
推陈出新

诗情画意
琴韵书声

寓教于乐
动情以真

良药妙手
白衣红心

精印文史
扬名海外

风华正茂
意气方遒

春秋竹简
战国帛书

学知不足
业精于勤

书山觅宝
学海泛舟

越王宝剑
孙子兵书

胸中波澜
笔底风雪

延年益寿
救死扶伤

群芳斗艳
百家争鸣

资料精粹
信息总汇

叶茂披翠
花繁飘香

闻鸡起舞
跃马攻关

山河一统
松雪四家

阳律阴吕
玉振金声

华佗在世
扁鹊重生

五车图集
万轴琳琅

过年最乐
读书更佳

演唱改革事
讴歌开放诗

五车诗胆
八斗才雄

鸿鹄得志
桃李争春

一代园丁乐
四时桃李荣

发扬风雅
歌舞太平

青春许国
斗志凌云

文心清若水
诗胆大如天

绳锯木断
水滴石穿

心灵美好
情操高洁

残碑留古迹
妙墨焕中华

神农尝草
岐黄典医

胸怀全局
志在四方

东壁图书府
西园翰墨林

一招不慎
满盘皆输

春风墨韵
夜雨书声

文坛有芳草
艺苑多奇葩

砚生云海
笔舞龙蛇

风华正茂
意气方遒

学海凭鱼跃
书林任鸟翔

岐黄事业
菩萨心肠

著书惊日短
舞剑伴星稀

戏从荧光出
人在笑语中

华坛竞秀
文苑争芳

笔浮梅花蕊
文凝琼枝头

藏古今学术
聚中外佳作

事中写趣
海外扬名

有六朝石刻
藏三代金钟

江山助磅礴
文物照光辉

文章千古事
风雨十年人

台上一滴汗
场下百日功

萃古今之作
罗中外之章

二句三年得
一吟双泪流

四海寻其乐
九州觅知音

江山增秀色
桃李艳春光

弦中参妙理
曲里寄幽情

友古今善士
读中外奇书

谱翻新乐调
唱出大风歌

胸中具成竹
舌底翻莲花

锐眼观天下
妙笔写春联

藏古今书画
聚天地精华

欲知中外事
须读古今书

藏书千万卷
增智九州人

和声鸣盛世
雅乐协无音

和风吹绿竹
清韵入朱弦

甬江新曲调
槐国旧衣冠

同心追科学
并肩攀高峰

苦心求方术
棘手去沉疴

草香千品药
树有百年花

坐诊千人健
巡医万户春

良医同良相
用药如用兵

寻天地行踪
觅宇宙究竟

飞燕入木俏
猛虎登山雄

常树凌云志
苦练揽月功

多才因博学
精艺自超群

观画胜观景
赏字如赏花

佳节吟妙对
盛世赋新联

书林须漫步
学海要遨游

书山勤觅宝
学海苦行舟

推窗观天地
挥毫凌云烟

广栽桃李树
能育栋梁材

年少宏图远
鸟雏志向高

文风香古国
德范誉千秋

献身比蜡烛
衣锦念春蚕

青春红似火
大志壮如山

雄心挟雷电
壮志卷风云

为学求善本
立德尚良师

兴国必兴教
治贫先治愚

诗吟新事物
笔绘现风流

文坛生异彩
艺苑奏新声

兴教千家乐
尊师万人钦

平心观世界
放手写春秋

报道中外事
议论是非情

育人间桃李
扶社稷栋梁

锐眼观天下
妙笔写新闻

映五洲美景
传四海英姿

重教方治国
育才可兴邦

纵谈中外事
洞彻古今情

通八方信息
聚四海财源

校园增润色
桃李艳春光

家门不半步
天下事全知

承千年学识
教一代新人

穷而有志思壮举
学不自满求创新

骅骝开道路
骐骥逞良材

教为百年计
师受万代尊

无限风光多壮丽
有为事业献青春

春暖山水秀
师严桃李香

精微慈母意
严谨铁面师

人才是最大财富
知识乃进化源泉

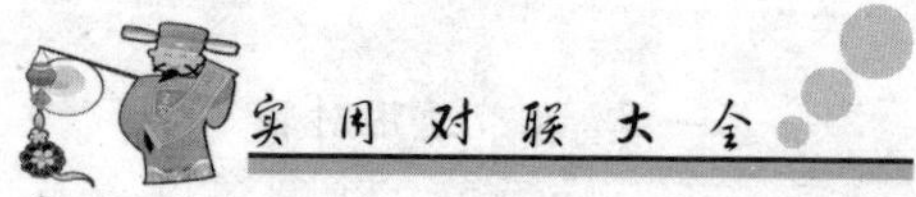

校园沸腾春来早
师生团结佳话多

文坛英才挥彩笔
艺苑新秀唱颂歌

荧窗虽小观今古
屏镜不大映乾坤

学海无涯勤可渡
书山万仞志能攀

日出万言生花笔
风行四海传惠书

斗室能观天下事
方箱可纳地球人

书有清香诗有味
花长艳丽月长圆

传播四海新文化
推广九州有用书

建成世上惊天业
写出人间动地诗

数风流还看当代
好儿女志在四方

图文并茂益读者
书画同源扬国风

挥将日月长明笔
写就雷霆不朽文

雅士堂中无俗客
名师手下有高徒

宋人方守株待兔
书中岂有黄金屋

新声谱出扬州慢
明月听来水调歌

且喜满园桃李艳
莫悲两鬓霜雪寒

古今学术藏满架
中外精华聚一厅

舞台百花吐娇艳
艺苑万象展新容

一身许国传科技
两袖新风作师表

石刻六朝传百本
风流九代仰千秋

一口叙述千古事
双手舞动百万兵

尊师爱生风尚美
勤学苦练气象新

银幕生辉百花放
舞台活跃万象新

实验室里乾坤大
设计台前天地宽

园内桃李年年秀
校中花朵时时香

万卷书中寻佳语
五线谱上觅强音

学海烟波舟共济
文坛晴雨气相求

攀山有志千条路
学业无心万事空

好官况味清如此
君子交情淡不妨

知识大海勤为岸
科技高峰智作梯

纳士招贤贤于贤
选才任能能胜能

拍案惊奇动心魄
章回说岳评忠奸

神农本草香千里
岐伯医学播五洲

替祖国呼号呐喊
为英雄写传立碑

情通三尺讲台外
志在一寸粉笔中

宝剑锋从磨砺出
梅花香自苦寒来

有恒不怕书山险
无志才嫌学海宽

书山有路勤为径
学海无涯苦作舟

藏书楼上百花放
借阅窗台四时春

百年树人永浇灌
一息尚存不歇肩

儿童乐园无限好
祖国花朵别样红

大胆文章豪放笔
达观世事坦诚心

驰心学海酬壮志
放眼书山赏奇观

种田选种莫随便
学子读书要认真

古今书籍凭君选
中外文章任你观

画其容惟肖惟妙
描圣像越看越神

健康门第春常在
卫生人家庆有余

汉瓦当文延年寿
周铜盘铭大吉祥

两手托起千秋将
孤灯照出万古人

黑发不知勤学早
白头方悔读书迟

挥毫风舞千山秀
泼墨龙飞万水明

当头炮妙手放响
卧槽马巧计牵出

跋千山行医送药
涉万水救死扶伤

长江春水浪推浪
满目青山峰接峰

脚下行程千里远
腹中书贮万卷多

户户皆为清洁户
人人都是健康人

此日梓楠同受范
他年桃李广培材

幼儿园内春风满
向阳花开遍地红

入室有言皆是药
出门握手便知心

收音机里论日月
荧镜屏中看古今

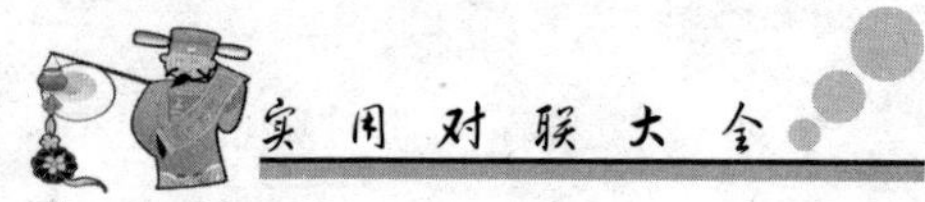

宝号芳名四海播
商家顾客九州来

无数芳草争吐翠
一枝腊梅早迎春

准传当天天气预报
快播每日日间新闻

丰产多于肥田里
发财全在信息中

十年心血育桃李
满座书香载管弦

艺苑乐地五光十色
歌台舞榭万紫千红

广而告之销路好
闻者来矣财源多

山山水水如诗如画
家家户户载舞载歌

选贤授能惟才是举
爱民敬业遍地皆春

千家踏上科学路
万户敲开信息门

攀高峰不怕千般苦
闯新路何惧万里遥

闻鸡起舞壮筋强骨
击剑练拳益寿延年

向世界纪录瞄准
为祖国人民争光

宏观在宇微观在握
虚心而学实心而行

春光无限江山不老
壮志有为事业常新

莺衔秀色来桃圃
燕剪春光到校园

春雨及时幼苗茁壮
阳光照耀松柏葱茏

三春雨露共荣万树
一代风流同振九州

莘莘学子勤求索
冉冉韶光促奋飞

甘泉哺育幼苗成长
红日照耀松柏参天

时代青年耀今烁古
新兴事业继往开来

终生从教终生乐
一世辛劳一世功

燕舞莺歌喜盈大地
桃欢李笑春满校园

学海无涯千舟竞渡
书山有路万众争攀

志在书山探瑰宝
心向学海采珍珠

生子养子重在教子
种花栽花莫忘浇花

重教兴华光弥六合
呕心沥血名振千秋

春风双燕曾相识
桃李芳园再度栽

造就人才日新月异
招延涉景时和年丰

锦绣成文原非我有
琳琅满架惟待人求

潜心科研书读十载
造福人类功在千秋

善教勤学教学相长
尊师爱生师生同亲

重教育人百年大计
集姿建校万代丰功

把古往今来重新说起
将悲欢离合再叙从头

追日月星辰鹏程万里
奔东西南北志在八方

广采祖国各地新鲜事
播放城乡人民爱听歌

红色电波传四海佳话
荧光屏幕映五洲风光

银幕映红花红花吐艳
影坛咏绿水绿水长流

学如逆水行舟不进则退
心若平原走马易放难收

春满人间山河频添秀色
情溢果圃桃李屡溢芬芳

好雨无声泽润千行桃李
春风有意催开万朵兰花

爱伟大山川歌壮丽事业
颂英雄民众赞光辉功绩

沥血呕心笃志人民事业
鞠躬尽瘁无需自我功名

行新政育新人新风百代
育春苗描春景春色千秋

春风化雨满园桃李竞秀
热心育苗遍地栋梁成材

世上无难事无心人不就
科学有真谛有志者竟成

引万道清泉浇祖国花朵
倾一腔热血铸人类灵魂

书声歌声笑声声溢校舍
德育智育体育育孕新苗

一往无前攻克文化堡垒
百折不挠攀登科学高峰

踏千山涉万水寻方采药
进万户走千家治病医伤

讲卫生天增岁月人增寿
除疾病春满神州福满门

心扉如小舟畅游知识海宇
书页似大海激荡智慧浪花

放眼全球播传全球大事
立身本地录收本地新闻

想强国富民须从教育入手
倡育才兴学全靠干群齐心

老前辈打江山披肝沥胆
新一代绘蓝图改地换天

科技催春四水三湘兴地利
产业致富千家万户占天时

严教严管精心培育新秀
重德重才全面选拔人才

读古人书须设身处地一想
论天下事应揆情度理三思

重德重才潜心造就新一代
管教管导全面培养接班人

莫问生涯千树桃李万树梨
谁算辛苦三更灯火五更鸡

阳光普照校园花开春来早
雨露滋润禾苗茁壮叶更繁

刺股悬梁九天云路当挥棒
囊萤映雪百尺竿头要紧箍

师生互爱同渡学海求知识
教学相长共进智宫取宝藏

无影无形传信息八方同晓
隔山隔水奏乐章四海皆知

八尺银幕通晓古今中外事
一盘胶带收揽天下众人心

天地棋盘星作子日月争光
雷为战鼓电为旗风云际会

卫星上天空揭开宇宙奥秘
潜艇入水底探索海洋珍藏

两袖清风笔耕教案消长夜
一腔热血物化师魂铸栋梁

学科学长知识青春献祖国
细钻研攻难关一切为人民

亿万树花朵迎接未来世界
千百颗爱心筑成希望工程

豪杰挺生遂今名山萦旧梦
英才乐育犹看学生步青云

写华章为振兴中华助威鼓劲
歌英业给建设精英立传树碑

春至人间向阳花朵迎风舞
喜临新岁幸福儿童带笑来

学海艺海能手芸芸众星媲美
文坛诗坛英才济济群芳争妍

看一代少年人人雄姿英发
为千秋伟业个个斗志昂扬

一支教鞭点开多少学生心窍
几色粉笔描出无数科学蓝图

化雨春风欣喜桃李香遍天下
丹心碧血培育栋梁治理国家

喇叭连千家新闻传递喉舌力
银线系万里节目演播舞台功

看遍地云霞又报丰收传喜讯
愿满园桃李还从大治育新人

靠自学可成才往古来今皆有样
当临场须着意行文走笔莫轻心

学海不深藏自古英才凭自励
书山须探奥从来绝顶靠人攀

重兴山水田园建大地黄金通道
广种菜蔬瓜果创农家绿色品牌

唱尽古今情善恶忠奸都亮相
演来家国事兴亡忧乐总关心

彩笔传情高歌神州土地风光好
丹霞达意赞扬中国人民俊杰多

赖科技兴农种养加工财路广
凭市场获利循环立体福源长

禾场里搭高台千响长鞭三眼铳
乡下人图快活一村唱戏百家看

四体不勤五谷不分孰为夫子
小疑必问大事必闻才算学生

无线成林刺穿乡野千年寂寞夜
荧屏如画收尽神州万里沸腾春

工交厂矿春联

百业兴旺
九州腾飞

万家灯火
一片光明

叶青林茂
水秀山明

地下长河
地上明灯

花土为窑
撮沙成器

水田竞秀
舟鱼争流

城乡互助
工农联盟

形佳状彩
外秀中坚

一网春色
万担鱼鳞

层楼迭起
万众欢欣

科学昌盛
纸业兴旺

一砖一瓦
大厦大楼

多装快运
利国益民

天机活泼
大块文章

城乡互助
厂矿联盟

宁停三分
不抢一秒

机器飞转
电灯常明

日行千里
夜航八百

百年大计
质量第一

潜山文子
京兆韩康

乘风破浪
富国利民

经纶天下
衣被苍生

光腾银汉
辉映宝山

丝丝入扣
事事顺心

金针凤舞
玉尺龙飞

伐柯不远
采煤无忧

朝发夕至
此感彼通

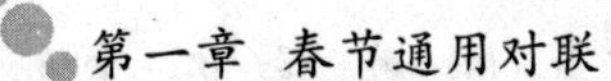

艺熟生巧
天衣无缝

鱼跃知水暖
鸟鸣弄花香

接延九州铁
开通万里程

电灯守岁
炉火迎春

有材已入选
无地不育林

水光遥接汉
虹气上凌虚

纵横千里
联络四方

封山培大树
造屋要良材

春风来海上
明月在江头

一帆春色
万顷碧波

黑乌在火里
清白留人间

送九州书信
传四海佳音

一炉鼓响
万吨钢成

采地下宝藏
开世上财源

空中悬线索
道上任飞行

红日出林海
春光追鸟鸣

跨光辉岁月
奔锦绣前程

两轮如日月
一轴定乾坤

春到花成海
秋来果满枝

精工为世赏
美器在人成

不借风帆力
全凭水火劲

日月照千秋
江河万古流

聚来千顷雪
化作万家春

开时代列车
做建设先锋

柳笛穿林过
渔歌踏浪归

天孙曾授巧
国手得称奇

服务比优质
装卸讲文明

一帆云作伴
千里月相随

守缺无出路
改革有光明

巧手千家衣
美化四季春

刀剪千色布
针缝万种衣

妙手裁云锦
精心剪春光

片时即可达
百里亦非遥

祖国花朵乐
玩具工人欢

银花呈异彩
宝树献金辉

献身擎大厦
捐躯驾长虹

彩瓷成器皿
优质利民生

锻炼在火里
清白留人间

广厦连云立
春风送暖来

协力山献宝
同心土变金

金乃五行首
银为百花饰

枝头开玉蕊
树上吐银花

当窗明似镜
出厂洁如冰

秋毫无所碍
天地点不留

钢铁喷四海
铁水流九州

江水连天色
桃花隔世情

鱼香飘万里
红日映千帆

摇橹时弄月
挂帆自生风

撒出千张网
收来万吨鱼

点缀身上锦
打扮人间春

双肩挑日月
两手绘河山

悬将小日月
照彻大乾坤

经营有大志
建筑多良才

炉火冲霄汉
锤声震天地

白天红日亮
黑夜电灯明

光辉超皓月
温暖赛骄阳

光润同珠玉
调和若鼎铛

垒起高楼大厦
造福城市乡村

不舍一身粉碎
何来白壁无瑕

改善经营管理
提高技术水平

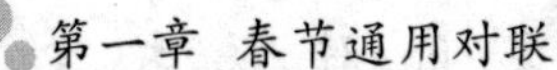
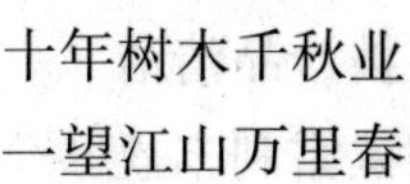

眼前炉火正旺
胸中热血沸腾

十年树木千秋业
一望江山万里春

人变精神厂变貌
车如流水马如龙

活跃城乡市场
沟通物资交流

大地有泉皆吐玉
荒山无处不成林

自力更生成大业
艰苦奋斗上高峰

进门乌头黑脸
出厂雪肤银身

鸡兔牛羊鸣春早
农林牧副报喜多

春种满田皆碧玉
秋收遍野尽黄金

钻出石油富国
辟出宝藏利民

草绿山青春有脚
羊肥马壮福无边

励精常想登高句
图治多学改革篇

三春莺飞艳羽
四季马跃轻蹄

港外群帆迎旭日
渔家笑脸伴春风

千条银线春风柳
万朵金花胜利年

贺岁草原披绿
迎春梅岭标红

雨过池边鱼鼓浪
风来花里蝶寻香

输电天天为四化
布灯夜夜照千村

百鸟鸣春迎旭日
千林披翠育英才

全体乌黑在火里
一身清白在人间

印出华文歌盛世
刷出锦翰赞新人

红梅染就千山秀
紫燕织成万木春

江山万里春光艳
厂矿千军气势雄

工农互助兴新业
城镇联盟举壮图

梅含秀色三江碧
柳拂朝阳四海春

劳动英雄登上榜
文明模范戴红花

岂止佳人施粉黛
还宜学子整衣裳

绿竹映来千里景
红梅报到万家春

安全生产年年好
团结经营处处春

似月停空眉写翠
如珠出匣脸传红

四面装璜多艳丽
常年存贮保新鲜

削玉披沙品清洁
熬霜煮雪利丰盈

煤山高耸穿云雾
铁水奔流映彩虹

天上文光添异彩
人间科技建奇功

登奇山风雪为友
宿大地星月伴眠

天空云彩钢花织
祖国宏图大众描

梅寄春风劳驿使
葭怀秋水托鸿邮

劈山造湖兴水利
采煤发电撒明珠

富路新招唯科技
名优产品靠人才

千里路朝发夕至
两地货南流北通

大好河山收眼底
满天云彩铺路基

能教黑铁变雪白
可使乌物现银光

削平山岭铺大道
跨越江河架宏桥

煤海滚滚翻波浪
钢山巍巍入云霄

煤海喜传春气早
矿山凯奏岁华新

脚踏双轮千里马
心怀祖国四化业

游客撒下千般乐
船舟载来一片春

巧使神机献妙手
劈开鬼谷出乌金

自强不息战天地
艰苦创业攀高峰

人穿时装精神爽
物着彩漆面貌新

大厦落成工匠巧
雄文草就秀才灵

珍禽巧绘可细赏
佳木细描更耐观

平地四轮争逐电
都城十里快兜风

铺砖盖瓦为能手
落户安家是福人

人民铁道通四处
祖国资源利八方

高高兴兴上班去
平平安安回家来

乾坤有方能旋转
牛马无知亦效灵

占城之贡物称奇
煮海之霸图永仰

热汗高温化硬铁
高炉烈火炼红心

沙里淘来金足赤
炉中炼出火纯青

镰刀收割胜利果
铁锤绽出幸福花

林海重重株株是宝
高山漫漫处处皆金

破浪乘风送君千里
浮槎泛海涉彼五湖

绿字赤文皆可诵
淡妆浓抹总相宜

热汗千滴，夜以继日
高楼万栋，遮雨避风

出入经营风行一纸
往来交易日进千金

支农甘洒千滴汗
为国愿献万吨肥

技术革新求多求好
产品制造保质保优

期盼股票证券法规
呼唤平等竞争机制

千炉钢水汇成海
万丈高楼耸云天

百年大计树人为本
万里长征立志当先

寰球贸易全凭币制
财源命脉维系金融

贮在玉壶由人造
结成晶块夺天工

邮电传达九州芳讯
电波播送万国新闻

诚信无欺言如九鼎
寄托为重诺比千金

长增喜庆厂增产
酒有芳香兴有余

尊重知识民族兴旺
爱惜人才国家昌盛

酿之太和醇醇有味
酒以言德郁郁生香

认出庐山真面目
装出罗汉古须眉

地辟康庄无往不利
车同轨辙到处咸宜

水草精华独工点染
风萍事业定卜兴隆

银屏生辉照四海
图像放彩乐万家

双手盖起高楼大厦
两足踏遍地北天南

古帝生涯远稽虞代
陶之职业上溯周官

林木成荫无山不绿
沟渠结网有水皆清

松柏笑春风山岭着新貌
杨柳迎丽日田园弃旧装

勤念山海经请山海献宝
恒踏科学路向科学进军

行舟捕鱼乘风破万里浪
挥臂撒网壮志擒千条龙

掌万家灯火，为江山生色
看一派光明，让日月增辉

大厦落成，到处欢天喜地
福人迁入，满堂金壁辉煌

千锤百炼炼出工人力量
朝熔夕铸铸成团结精神

先进帮后进同乘千里马
今年胜去年更上一层楼

效率高速度快喜报频传
劳动好贡献大红花争辉

攻技术难关为四化创业
创名牌产品给神州争光

瑞雪飞梅花笑景色绚丽
凯歌奏捷报传战果辉煌

人尽其才祖国一日千里
各得其所春城万象更新

解放思想学习先进技术
加快步伐赶上国际水平

辞旧岁共贺丰收胜利果
迎新春同庆超产开门红

旧岁在凯歌声中载入史册
新春于开门红里走进新局

车间红旗飘增产再增产
工厂春潮涌上游更上游

质优高产消耗低，工商盈利
物美价廉寿命长，用户欢迎

披星戴月笑洒热汗千滴
沐雨栉风喜建广厦万间

座座钢炉，钢水钢花传喜讯
排排油井，油海油浪奏凯歌

企业自主干群意气风发
质量优先生产捷报频传

东西往来满载春风行千里
南北驰骋运送笑颜进万家

体育春联

南拳北脚
武当少林

发展体育运动
振奋民族精神

群星闪耀神州振
健儿扬威举世欢

武当拳脚
少林功夫

刷新世界纪录
报效祖国人民

体坛扬威誉四海
健儿占鳌耀五星

学拳非打架
练武为强身

宿将宝刀不老
新秀出手不凡

指挥台金牌屡挂
奥运会捷报频传

练武先练德
教书先教人

发展体育运动
弘扬中国武功

赛场内外健儿汗
海角天涯友谊花

常树凌云志
苦练揽月功

替国争光健儿志
为民建勋赤子心

东亚病夫遭屈辱
中华壮志奋飞腾

飞燕入水俏
猛虎登山雄

数年苦练图几跳
毕生心血为一球

百米冲刺靠苦练
一朝争先历寒暑

怀中灿烂微笑
胸前金色丰收

闻鸡起舞强筋骨
练拳击剑健身心

田径场上龙腾虎跃
游泳池边燕舞鱼翔

体现奥运精神
宏扬民族风采

中华健儿多奇志
世界体坛占鳌头

巾帼英雄威震四海
中华女排名耀五洲

发展体育运动
增加人民体质

向世界纪录瞄准
为祖国人民争光

闻鸡起舞壮筋强骨
击剑练拳益寿延年

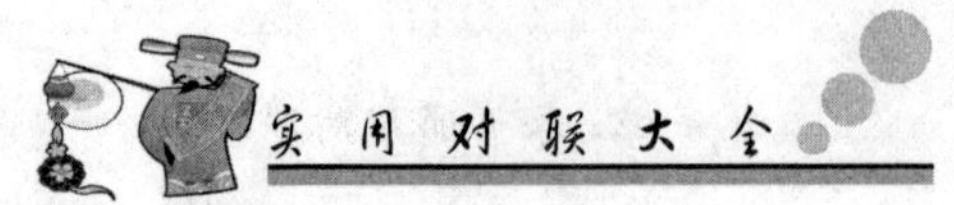

好成绩靠勤学换取
新纪录从苦练得来

华夏健儿赛扬一鸣惊广宇
女排帼国体坛五冠震全球

学武术传技法承前启后
效先烈展宏图继往开来

运动健儿冲出亚洲誉满四海
体坛俊杰腾飞世界名扬八方

大智大勇大有作为创伟业
敢拼敢搏勇夺桂冠立新功

百米冲刺靠千日苦练作后盾
一朝争先有十载寒暑为前驱

体坛新秀创奇迹功彪青史
中华健儿立壮志威震全球

德才并重争取成绩争取友谊
智勇双全打出风格打出水平

练身体练意志打出好风格
胜不骄败不馁赛出新水平

体坛健儿驰骋世界英名传四海
中国巨人屹立东方声誉震寰球

体坛扬威中华声誉满四海
健儿夺魁欧美上空飘五星

赛场上红男绿女舞翩跹姿态英俊
骄阳下刀光剑影相辉映身手不凡

医疗卫生春联

从容施药
厚朴行医

有伤早治
无病先防

独活灵芝草
当归何首乌

延年益寿
救死扶伤

门诊千人健
巡疗万户春

人有稀奇病
院藏绝秘方

仁心济世
妙手回春

药圃无凡草
松窗有秘方

良医同良相
用药如用兵

为安民济世
看起死回生

人赞回春手
医传盖世功

银针出妙手
金剪怀丹心

但愿人皆健
何妨我独忙

苦心求精益
妙手祛沉疴

银针凭妙手
白衣秉丹心

采得三山药
炼成九转丸

不重千金价
惟推一体仁

医国医民医德
救人救世救心

具备中西药品
方便远近病人

求索万千命脉
探讨百代医宗

医能济世强国力
药可回春复民康

妙手银针除病痛
丹心圣手保安康

扁鹊重生称妙手
华佗再世颂神医

丹心妙手除痼疾
草药银针有万能

华佗创造五禽戏
扁鹊采取四断诊

橘井泉香疗险病
杏林春暖治奇疴

我处华佗今再世
本院扁鹊又重生

盲女草药见日红
哑人针灸唱国歌

现代郎中超扁鹊
今朝药物胜膏丹

手回春医百病妙
灵丹济世乐千家

一点灵心通素问
满腔医术为人民

十字药箱肩上背
百般疾病手中除

银针刺开云千里
妙药驱散雾万重

越岭翻山适医药
走村串户探病人

治疗周到医风好
护理精心痊愈多

银针草药创奇迹
妙手丹心去重疴

竹叶杯中春有色
杏花村里客多情

梅花送暖春回早
橘井流芳病自稀

新春但愿人皆健
岁末何妨药染尘

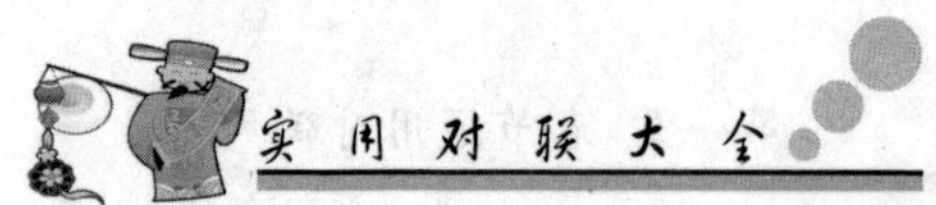

一身素裹人如玉
满面红光笑似花

注意卫生，延年益寿
讲究科学，除病去灾

巧手医师扶伤救死
白衣卫士治病回春

救死扶伤如春风拂面
除疾治病似华佗显神

寿世良方祛邪扶正
回春妙术固本清源

手有高招，请君张虎口
身怀巧技，看我拔龙牙

望闻问切回春妙手
寒热表内济世白衣

亦中亦西精心疗百病
送医送药赤足走千家

中西交流取长补短
新旧互学救死扶伤

妙灸神针治内外疾病
琴心剑胆保人民健康

黄润紫团功殊高妙
玉兰金井品重杏林

银针草药化去千门痛苦
白衣红心迎来万户健康

学贯中西活人无算
术精内外济世良多

城乡兼顾发展保健事业
中西结合提高医疗水平

医国医人同兹医意
寿民寿世亦以寿身

破除迷信送走瘟神疫疠
讲究卫生迎来人寿年丰

耿耿丹心医伤解痛
双双妙手起死回生

迎春晖，祖国医术千草秀
沐朝露，神州药苑百花香

神州医林千花竞秀
祖国药苑百草吐芳

橘井香流，散作万家甘雨
铁炉火旺，烧成济世金丹

一药一性，岂能指鹿为马
百病百方，焉敢以牛易羊

岷党北芪匣中丸散延年益寿
藏花川贝架上膏丹返老还童

治痼疗疴扁鹊重生称妙手
扶伤救死华佗再世颂白衣

救死扶伤实行革命人道主义
除害灭病保障城乡百姓健康

春到人间病灾不染清洁地
阳回大地幸福常临健康家

行医不读书，怎救膏肓于指掌
看病应明理，方知脉象有浮沉

朝夕炼丹，百草枯藤皆是宝
慈悲济世，千家痼疾得回春

中西合璧创新路钻研新医学
救死扶伤为人民学习白求恩

问暖嘘寒，体贴入微如挚友
打针送药，关怀备至胜亲人

商贸春联

门盈喜气
店满春风

公平有德
和气致祥

福星高照
成事亨通

八路进宝
四方来财

琳琅满目
买卖称心

生意兴隆
财源茂盛

丰财阜货
裕国富民

明码实价
童叟无欺

盈余得利
丰富多财

一团和气
四面春风

货源恒足
品物咸亨

礼貌待客
文明经商

琳琅满目 顾客盈门	文明处事 买卖公平	以为绚彩 紫不夺朱
民殷国富 花好月圆	隆声远布 兴业长新	白疑叠雪 朱若含春
顺受百福 隆盛四时	五金利市 万象回春	合束为柴 伐薪为炭
人和国富 时泰年丰	惠风和畅 明月团圆	物化绚彩 宫锦标奇
顾客至上 童叟无欺	三阳开泰 四季亨通	明察秋毫 饱览春光
礼貌待客 和气生财	明察秋毫 饱览春光	洛阳纸贵 上党佳珍
布衣兴国 蓝筚开山	年年保险 岁岁平安	安全第一 防护居首
主欢客乐 近悦远来	丰财阜货 裕国富民	金钗十二 珠履三千
履行平等 冠冕群伦	紫菘含露 早韭翦春	待时而动 不叩自鸣
竭诚服务 薄利多销	春阳乍暖 生意勃兴	不嫌事小 但愿人乐

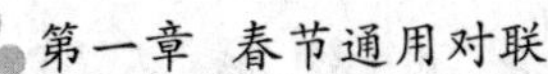

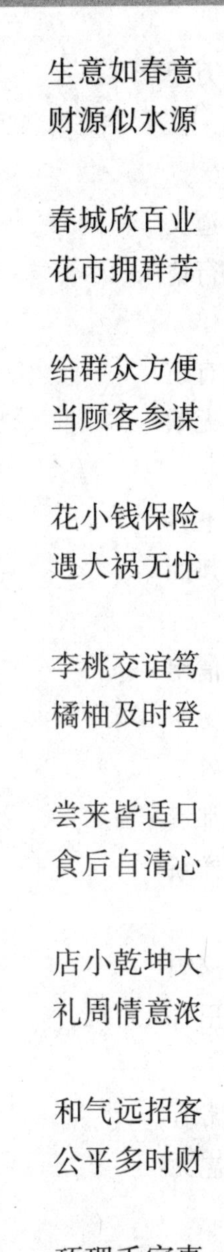

兴隆大业
昌裕后人

密中露饯
千里藏鲜

丰财合众
亨利通衢

饼名五福
糕赐重阳

卧薪励志
送炭蒙思

一室珍品
千古奇观

洞庭春色
玉井秋香

五谷树光
万宝告成

冰桃雪藕
绿橘黄橙

图文并茂
形象逼真

集百货齐
供应八方

千家便利
百货流通

货好门若市
心公客常来

经商信为本
开店客归家

抬头见喜气
迈步会春风

财源通四海
客路达五州

交流惟通义
贸易有经权

杏林春意广
橘井活人多

匠心随所欲
着手便成春

人走茶不冷
客来酒尤香

生意如春意
财源似水源

春城欣百业
花市拥群芳

给群众方便
当顾客参谋

花小钱保险
遇大祸无忧

李桃交谊笃
橘柚及时登

尝来皆适口
食后自清心

店小乾坤大
礼周情意浓

和气远招客
公平多时财

巧理千家事
温和万人心

同志如兄弟
商店似家庭

货路通万里
财源达三江

人夜餐方集
交冬市更忙

环绕生财地
祥开造福门

交流惟道义
贸易重行情

举杯邀明月
拍手歌春风

开源辟财路
储畜积资金

生财缘有道
贸易在无欺

楼观沧海日
地傍小安沙

家门不半步
天下事全知

诚招天下客
货引外邦商

对酒歌盛世
举杯庆丰年

精研中外史
出版古今书

商标昭信用
物品竞文明

生财有大道
信用得中孚

神州新气象
华国大文章

价重三都贵
名因十样新

共对一杯酒
相看千里人

煮沸三江水
同饮五岳茶

店好千家颂
坛开十里香

牛羊夸茁壮
鸡鸭善烹调

层楼尽瑰宝
满堂皆珍奇

缓急人常有
权衡我岂无

小费君莫惜
后顾自无忧

频劳工匠巧
博得众人欢

茶香飘四海
叶味流三江

物美销路广
价廉称客心

清真有美味
热情待佳宾

夏虫不可语
风雅独绝伦

巧理千家事
温暖万人心

琴书多古意
水石澹幽居

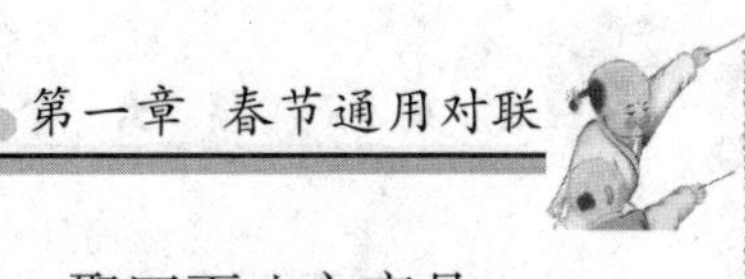

云霞成异彩
兰桂起香风

财源茂盛凭周转
生意兴隆靠竞争

聚四面八方产品
保千家万户需求

酒香留客住
诗好带风吟

事与人便人称便
货招客来客自来

登山靠左右双腿
创业凭上下一心

青山沐雨露
闹市献清香

货有高低三等价
客无远近一般新

开源能引千泓水
节流可聚万盘珠

春江取不尽
秋水竞自来

门市多备应时货
营业加强责任心

满面春风迎顾客
一番盛意送来宾

生意兴隆通四海
财源茂盛达三江

根深叶茂无疆业
源远流长有道财

文明经商心常乐
礼貌待客业自兴

友以义交情可久
财从德取利方长

勤劳换得丰收果
改革浇成幸福花

实业人创千秋业
长春花开万里春

买卖公平招顾客
交易合理悦来宾

礼貌经商商业旺
文明待客客人多

百般节约财源广
满面春风顾客多

花开时节店如锦
客至柜台喜若春

要讲求商业道德
更注重精神文明

仙果赐来人益寿
珍盘纷列客尝新

经济振兴收效果
商肆点缀促繁华

三春草木如生意
万里河流似利源

竹叶杯中春有色
杏花村里客多情

经营不让陶朱富
贸易长存管鲍风

花发上林生意盛
莺迁乔木好音多

仙槽酿成天上露
香风占到世间春

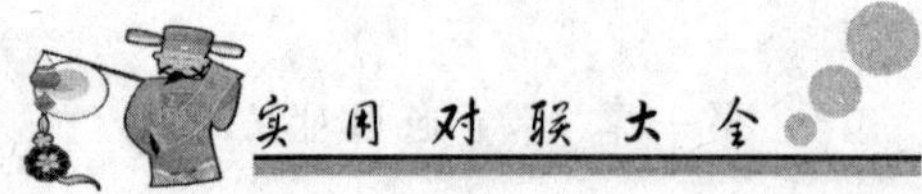

味美招来天下客
酒香引出洞中仙

保来四面八方泰
险去千家万户欢

一城花雨山河壮
满苑春风天地香

瓶中色映葡萄紫
瓮里香浮竹叶青

礼貌经商商业旺
文明待客客人多

五岳三山雄宇宙
千行百业旺城乡

店有名名扬四海
饭喷香香飘五洲

三尺柜台传暖意
一张笑脸带春风

九州改革春来早
花城春潮逐浪高

茶余喜谈致富事
酒店倍增创业心

人来人往含笑脸
店外店中溢春风

三春日暖千山绿
锦城花开万里红

红杏一枝出店外
春风满面迎客来

一行商业连百姓
满面春风暖万家

九州共奏腾飞曲
城镇齐唱改革歌

与人相处无非义
生意之间即是春

和气远招成倍利
公平广进八方财

十分春色来小院
满镇精英闯雄关

聚财兴国安黎庶
存款便民秉赤心

钱因节俭财方聚
货不停留利始生

四面荷花三面柳
一城山色半城湖

四季保险千般好
一家受灾万户帮

送出柜台百样货
献给顾客一片心

万里和光生柳叶
一城春色泛桃花

财产有价快保险
水火无情早防灾

贸易中春风和气
权衡上白日青天

日映春晕城市乐
风吹绿野乡镇欢

人人保险人人乐
户户平安户户歌

点缀云烟千段锦
装潢书画万家春

人与钢花同灿烂
心随铁水共奔流

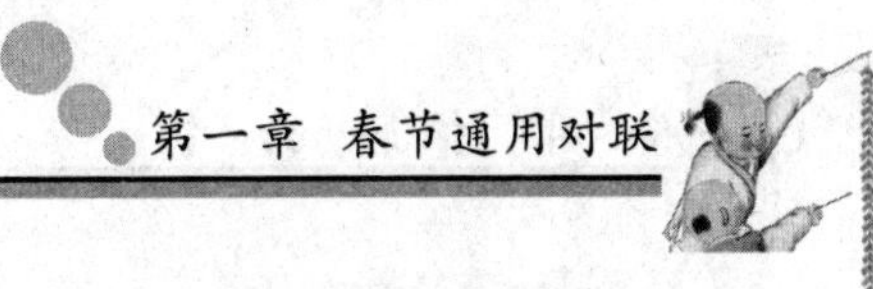

月光平分乡一角
春色半在城中间

人聚庭堂话春意
居民门前戏梅花

日月晨星天上走
吉祥福寿镇中行

城市能人同治国
广罗贤士共兴华

天开美景风云静
春到人间城镇新

储积玉缸香千日
调和金盏甜万家

酱菜适时宜远近
豆豉饮誉享城乡

沉李浮瓜添雅兴
绿橘黄橙放新诗

月中采得吴郎桂
天上分来王母桃

九州江山胜似画
乡镇企业艳如花

广开财源乾坤大
发展生产日月长

经营多种多献宝
财路广开广招财

三春草木如人意
万里江流似利源

灵活经营财源广
薄利多销生意兴

送货上门如众意
摆摊设点顺人心

千里春风劳驿使
三秋芳讯寄邮人

货无大小皆添备
物有零星不厌烦

贸易兴隆盈万利
春风得意纳千祥

好货如云凭客选
新风映日感人来

迎八面春风入院
接四方贵客归家

财源不竭长流水
生意欣逢到处春

湖海交游凭道义
市场贸易具经纶

新店规表里一致
老传统名实相符

财如晓日腾云起
利似春潮带雨来

经济随时观变化
操持与世在枢机

操胜算则财足矣
乘时机而货殖焉

开门晓日财源茂
业聚春潮带雨来

玉剪裁成四海锦
金针引出五湖春

瞬间摄取真面目
转眼留住好春光

入户有春花秋月
隔窗望山色湖光

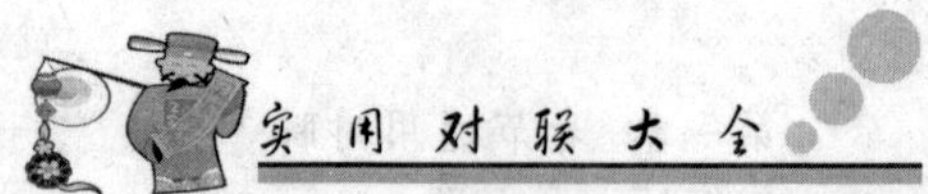

笔墨纸砚文房宝
琴棋剑球娱乐天

春风漫卷莲花白
细雨浅斟竹叶青

买肝买肺由你选
剁肥剁瘦等我来

千般春色千般福
一寸光阴一寸金

欢迎春夏秋冬客
款待东西南北人

斤两不失一刀准
肥瘦可匀千客夸

纸上跃起黄山景
笔端题破锦江春

服务热情雪中炭
商品齐备锦上花

日暖冰融春光美
鸡鸣鸭舞喜事多

一秤深情千家乐
满店蔬菜四季鲜

花开时序店如锦
客至柜台面若春

玫瑰胭脂颜色美
盐梅香卤兴味甜

满怀生意春风霭
一点公心秋月明

产品好顾客满意
信誉高企业兴隆

公道由来平物价
春风到处解人熙

花放杏林辉晓日
药生兰室动春风

货向千家万户送
门朝四海五湖开

利如晓日腾云起
财似春潮带雨来

饭热菜美迎客早
茶醇酒香映春红

礼貌待人人品厚
文明处世世情隆

开源节流师夏禹
经营致富学陶朱

他方故国虽千里
芳草奇花总一春

多姿多态传播好
有图有文效果佳

工富农富城乡富
山新水新天地新

客乐主乐春亦乐
饭香茶香汤皆香

日出万言生花笔
风行四海动人书

满面春风迎顾客
一番盛意送来宾

不教白发催人老
更喜春风满面生

味超玉液琼浆外
巧在燃箕煮豆中

一有不妥向我换
百货俱全任你挑

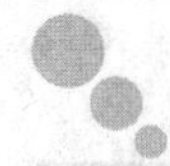

百货俱全商品好
万方云集店风佳

百问不烦百拿不厌
笑容常展笑口常开

喜迎笑送来去高兴
东拣西挑买卖公平

联合经营互惠互利
热情服务为国为民

开源节流为民着想
集资创汇替国分忧

信义通商咸丰大有
阳和启运恒益同人

货架上下繁花似锦
柜台内外笑脸如春

文明经商职业所在
礼貌待客情理当然

佳制登盘多色香味
奇珍满架有桃李梅

百货百美百看不厌
千客千心千选不烦

春满柜台五光十色
货盈橱架万紫千红

文明经商门庭若市
礼貌待客桃李争春

送货上门方便群众
摆摊设点服务人民

经之营之财恒足矣
悠也久也利莫大焉

此是春华秋实事业
并非东涂西抹文章

东风利市春来有象
生意兴隆日进无疆

文明经商顾客至上
礼貌服务信誉第一

清白粲盛五谷所聚
口精玉粒万仓皆盈

城市风景纷呈异彩
千古江山辈出英才

白雪拥门门市凝瑞
红梅开店店前呈祥

赤心迎来三江贵客
笑颜送走四海佳宾

抱瓮而来未尝不备
开筵以待各有所宜

名正言顺买卖不诈
秤平斗满童叟无欺

鲜橘红橙奇香可口
大枣交梨仙品同珍

多种经营财源茂盛
科学种地稻谷丰收

异草奇花点缀春色
幽兰雅菊美化市容

城乡携手购销两旺
工商同心市场繁荣

服务周到群众满意
态度和蔼顾客称心

气化云烟顿添春意
雪中送炭足感盛情

喜事业兴隆万民得利
看分秒准确为国惜时

饭热汤热八方客常暖
菜香酒香四季店如春

门前大道通八方利路
店后小溪纳四方财源

生意意中生生财有道
买卖卖后买买卖兴隆

银行用热情服务用户
人民以存款支援国家

东西南北客人人满意
春夏秋冬货样样称心

自古无先知谁能免祸
而今有保险我可救灾

买进卖出，原本千秋业
送往迎来，温暖万人心

喜迎笑送，使顾客满意
左选右挑，让买主称心

桔井香流散作回春甘雨
鼎炉炎暖烧成济世金丹

生产资料保证工农所需
日用杂货满足群众要求

有道经营货备五湖四海
周全服务心怀万户千家

斤两足尺寸够作风正派
花色多品种全生意兴隆

苦心经营提高经济效益
热情服务建设精神文明

外行变内行行行出状元
后浪追前浪浪浪有奇峰

行商北达南通百端如意
坐贾东成西就万事称心

大力发展城乡集市贸易
不断提高人民生活水平

眼观六路，分析市场动态
耳听八方，了解群众要求

礼谦待客，无论东西南北
应时便民，当分春夏秋冬

挑挑选选，件件称心如意
看看比比，样样讨人欢心

美酒佳肴，但愿诸君皆健
迎来送往，何妨我辈独忙

进进出出，喜笑颜开满意
挑挑选选，花色齐全称心

门路开四面八方头头是道
经济活一年四季处处丰收

创优革新须知效益即生命
争分夺秒牢记时间胜金钱

政策入心科技已归庄稼汉
春风化雨乡村不少企业家

子鼠年联

子年人瑞
丙岁春温

子夜钟声响
鼠年爆竹喧

苍松随岁古
子鼠与年新

子孙奋发
丙火辉煌

黄山松鼠跳
绿野甲春归

新妆鼠嫁女
美景燕迎春

丙辉瑞应
子庶丰登

鹊语红梅放
鼠年喜年浓

鼠至调新律
鸡鸣报早春

丙名世德
子夜凯旋

子夜岁交替
鼠年春更新

百年推甲子
福地在春申

一鼠迎春早
百花吐艳多

春风拂柳绿
灵鼠跳松青

春潮传喜讯
鼠岁报佳音

钟声敲子夜
瑞气入鼠年

鼠颖题春帖
鹊舌报福音

灵鼠迎春春色好
金鸡报晓晓光新

子为地支首
鼠乃生肖先

子时春意闹
鼠岁笑声甜

鼠辞旧岁仓常满
牛到新年地不荒

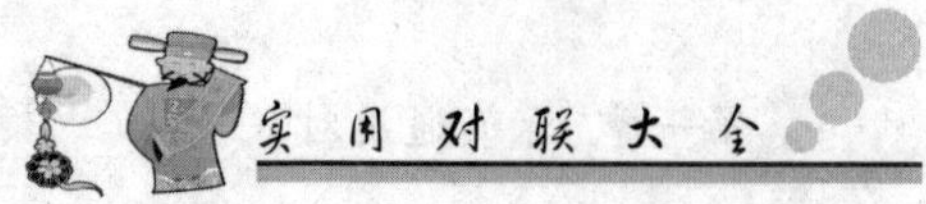

灵鼠跳枝月影晃
春牛犁地谷生香

猪去鼠来新换旧
星移斗转岁更丰

宰掉肥猪开美宴
迎来金鼠庆新春

务本神农播百谷
刺贪硕鼠吟三章

万千禽兽尊为子
十二生肖独占先

子夜佳章茅盾著
鼠偷奇案况钟察

甲第连云欣发展
子年遍地祝丰隆

年画喜人鼠嫁女
红梅傲雪鹊鸣春

甲第连云欣发展
子年遍地祝丰隆

银花火树迎金鼠
海味山珍列玉盘

肃贪惩治官仓鼠
正本当纠裙带风

万千气象开新景
一代风流壮鼠年

甲子开元添秀色
东风化雨共长春

子时寸到开新律
鼠岁三春报好音

鹊喳梅放春迎户
鼠报年来福满门

子辰笑接千家福
鼠岁喜看万象新

春鼓频敲鼠嫁女
秧歌竞扭喜盈门

麟角凤毛增国誉
鼠须妙笔点春光

丑牛年联

紫燕录旧主
金牛闹新春

春来紫燕舞
节到黄牛忙

客岁送金鼠
今年买铁牛

愿效老牛
为国捐躯

黄牛耕九野
白马战疆场

黄牛耕沃野
紫气笼新春

岁首春到户
牛年福满门

牛耕芳草地
鹊报吉祥年

草绿黄牛卧
松青白鹤栖

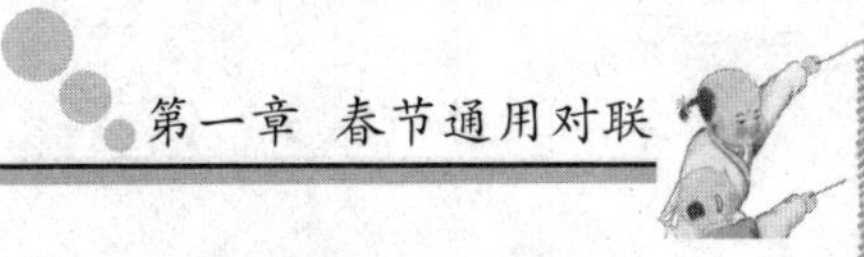

丑时春入户
牛岁福临门

岁首春到户
牛年福满门

金牛奔盛世
紫燕舞新春

催春布谷叫
报喜牵牛开

春催布谷鸟
人效拓荒牛

牛耕千野绿
鹊闹一庭春

得失塞翁马
襟怀孺子牛

牛开丰稔景
燕舞艳阳天

鼠遁春风至
牛携喜气来

丰稔黄牛志
富强赤子心

牛如南山虎
马似北海龙

一粒红稻饭
几满牛颔血

人逢如意事
牛舞艳阳春

笛奏牛郎曲
春归燕子巢

春丽牛逢草
路遥马识途

牵牛花报喜
布谷鸟迎春

牛铃飘翠岭
燕语笑春风

川原蝶舞翩翩好
四野牛耕户户忙

白头能做识途马
俯首甘为孺子牛

户户厌恶大硕鼠
家家喜爱老黄牛

耕者有牛皆种地
神州无处不欢歌

新岁牧歌需纵酒
黄牛奋进不着鞭

为民当效黄牛力
报图壮怀赤子心

牛耕绿野千仓满
虎啸青山万木荣

牛耕沃野层层绿
鹊闹红梅朵朵香

牛耕禹地千家富
虎跃尧天四海春

牛慕朝朝春草绿
虎思岁岁艳阳红

金光大道人催马
黄土高坡口吆牛

数声牧笛传新曲
四野耕犁试早春

绿柳摇风燕织锦
红桃沐雨牛耕春

未许田文轻策马
愿闻老子再骑牛

老牛力尽丹心在
志士年衰赤胆悬

牛郎弄笛迎春曲
天女散花祝福图

良策善政多俊杰
老骥乳牛竞风流

铁牛拖出满山宝
茧手挖来遍地金

牛年喜奏丰年乐
人世笑迎盛世春

牛郎不厌天河阔
织女但求凡世欢

人寿年丰百姓乐
地肥水美众牛吹

布谷鸟鸣忙布谷
牵牛花绽喜牵牛

花木逢春枝叶茂
牛羊得草体膘肥

鼠去牛来闻虎啸
民殷国富盼龙飞

茧花绽放漫山绿
牛背飘来一曲歌

金牛开出丰收景
喜鹊衔来幸福春

红梅傲雪千门福
碧野放牛五谷丰

人勤一世千川绿
牛奋四蹄万顷黄

春临门户白雪化
福降人间黄牛忙

牧草丛中春色美
放牛曲里笑声甜

牛铃摇响丰收调
燕子喜栖幸福家

黄土田间牛作画
紫微春苑燕吟诗

爆竹喧天传喜庆
黄牛犁地播丰收

铁牛喘月千畴绿
赤帜吟风万里红

有福人家牛报喜
无边春色燕衔来

牛奔马跃行千里
凤舞龙飞上九霄

数声柳笛飘牛背
无限春光亮马蹄

寅虎年联

龙腾虎啸
腊尽春回

春光万道
虎威千山

啸风声远急
龙腾海浪高

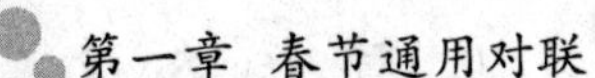

月流古雪川
风虎浴清泉

虎牵新岁月
人改旧乾坤

山岚呈虎性
春色暖人心

一年春作首
百兽虎为王

春风春起色
虎岁虎壮威

虎兆中兴瑞
国趋鼎盛昌

龙引千江水
虎越万重山

黄牛耕绿野
白虎啸青山

春风方入户
虎气又临门

虎年增国力
鸟语唱春光

道祖骑牛去
赵公跨虎来

岁当春作首
虎是兽中王

云中熊虎将
天上凤凰儿

柳营春试马
虎帐夜谈兵

虎气冲霄汉
龙图震海天

时来花作雨
春到虎追风

虎胆英雄气
龙魂志士心

新年生虎气
祖国起龙图

牛耕芳草地
虎啸艳阳天

虎虎添生气
雄雄振国威

宏谋抒虎啸
士气奋鹰扬

虎气冲星斗
春光艳锦霞

虎啸龙吟势
松风竹韵神

虎猛傍山势
春浓染水香

牛舞丰收景
虎奔锦绣程

宏谋抒虎啸
士气奋鹰扬

虎猛山威抖
民强国力雄

志在鹏飞远
文以虎生雄

四季春为首
群山虎作主

骑牛踏雪去
跨虎报春来

虎牵新岁月
人改旧乾坤

江山一统腾龙日
岁月三春入虎年

门庭虎踞平安岁
柳浪莺歌锦绣春

春风刚入户
虎气又临门

虎踞龙盘今胜昔
花香鸟语旧更新

云喷笔花腾虎豹
雨翻墨浪走蛟龙

新春迎大吉
猛虎跃高峰

春光春色源春意
虎将虎年扬虎威

人逢盛世精神壮
虎跃奇峰气势雄

泉洌流松韵
山高壮虎威

牛耕绿野千仓满
虎啸青山万木春

迎春节莺歌遍地
兴中华虎劲冲天

侧耳松涛远
凝眸虎气生

虎跃神州千业旺
春临盛世万民欢

人入虎年增虎劲
门添春色发春辉

虎跃山河壮
龙吟日月新

皆称飞虎一身胆
不负英雄千古名

人添志气虎添翼
雪舞丰年燕舞春

虎跃龙腾碧海
莺歌燕舞春风

人间喜庆康平世
虎岁承欢幸福春

百尺飞泉鸣震谷
一声长啸势惊天

虎跃龙腾生紫气
风调雨顺兆丰年

啸一声惊天动地
睁双眼照耀乾坤

中华虎年虎添翼
神州龙骧龙腾空

虎啸一声山海动
龙腾三界吉祥来

一代英豪生虎气
三春杨柳动莺歌

龙腾虎跃人间乐
鸟语花香天下春

春晓寅回人起舞
岁祯虎啸物昭苏

人民气魄如龙虎
祖国江山似画图

牛奋四蹄虎添双翼
人争大志国步小康

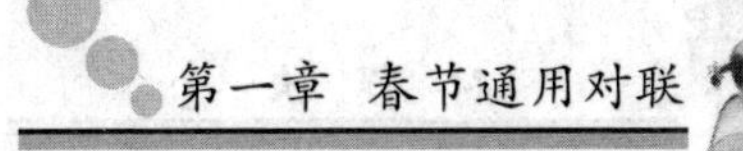

春到人间，虎虎添生气
日煊赤县，熊熊炳壮姿

虎步龙骧，一代英才造气势
鹏飞鲲击，千年古国炳新篇

乘春风春雨播遍地春色
鼓虎年虎劲创惊天宏图

虎跃龙腾一代英雄造时势
山明水秀万里春色泛桃花

卯兔年联

卯门生紫气
兔岁报新春

新春迎玉兔
华夏壮金瓯

雪消狮子瘦
月满兔儿肥

虎跃前程去
兔携好运来

红梅迎岁笑
玉兔伴娥欢

金虎归山去
玉兔迎春来

金鸡迎曙色
玉兔揽春光

灯楼灿玉兔
火树暖金蟾

虎去犹留猛劲
兔来更显捷才

玉兔迎春到
红梅祝福来

瞻宫降玉兔
庭院绽红梅

春自寒梅报起
年从玉兔迎来

玉兔瞻宫笑
红梅五岭香

虎去雄风在
兔来喜气浓

虎皮褥铺雄将椅
兔毫笔写状元坊

虎啸青山秀
兔奔碧野宽

耕田能获宝
养兔不守株

金杯醉酒乾坤大
玉兔迎春岁月新

红梅迎春笑
玉兔出月欢

红梅迎春笑
玉兔出月欢

玉兔机灵承虎气
金乌活跃显狮威

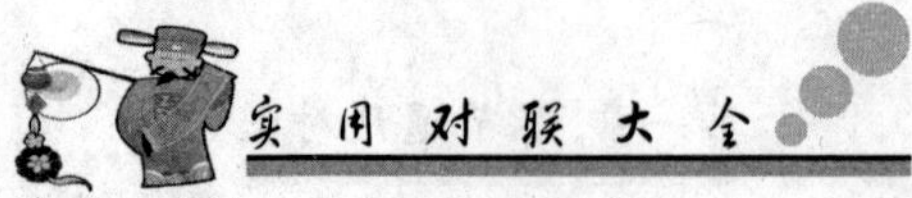

虎尾回头添胜利
兔毫扎笔写风流

喜兔年初开春色
继虎岁再展宏图

喜对良宵玩玉兔
笑同胜友赏新春

虎走三关鸡报晓
兔升九域鹿鸣春

虎越雄关踪影去
兔临春境晓光新

卯时美景花方艳
兔岁良辰酒更醇

丁帘卷雨饶春意
卯酒盈杯祝丰年

金莺腾跃风流世
玉兔笑迎锦绣春

虎啸群山辞旧岁
兔奔匝地庆新春

艳阳高照门庭瑞
玉兔喜临世纪新

东风放虎归山去
明月探春引兔来

兔镜常圆人盼好
龙甲时耀国期安

山中虎啸昌新运
月里兔欢启宏图

玉兔欢奔芳草地
金莺腾跃碧云天

玉兔毫光生紫气
金龙捷足入青云

门户临风迎春入
高楼触月接兔归

虎年一去春风暖
兔岁乍来喜气浓

深山虎啸雄风在
绿野兔奔好景来

玉兔报春田野绿
金鸡唱晓艳阳红

喜玉兔今年奋起
祝巨龙明岁腾飞

兔跃千山传喜讯
龙腾万里展英才

虎奔千里留雄劲
兔进万家报吉祥

玉兔闹春春潮动
万民造福福音多

喜兔年初露春色
继虎岁大展宏图

虎岁扬威兴骏业
兔毫着彩绘宏图

兔奔华夏开新运
鹊上枝头报福音

虎啸千山声声响应
兔驰万里步步腾飞

兔岁初临健步已驰千里
虎年虽去雄风犹镇八方

北斗回寅万户金鸡争唱晓
东风送暖九霄玉兔喜迎春

送虎岁盈盈硕果山村景
迎兔年丽丽宏图祖国春

喜今朝，玉兔欢跃九州生色
望明岁，金龙奋起万里腾飞

送虎岁共庆山河壮
迎兔年齐歌业绩新

爆竹辞旧岁玉兔毫毛生紫气
华灯迎新春金龙捷足入青云

辰龙年联

万方春浩荡
四海龙飞腾

铭心登虎榜
立志跃龙门

丹青描锦绣
翰墨舞龙蛇

兔辞玉乾坤
龙腾花世界

德门呈燕喜
仁里灿龙光

长空排雁阵
大海起龙图

龙吟春正好
燕语日初长

天高鹏翅健
海阔龙姿雄

凤鸣春日晓
龙起海天高

笙歌辞兔岁
鞭炮接龙年

浪打龙宫鼓
风敲月下门

蟾宫招兔去
新纪引龙飞

腊尽蛟龙跃
春归莺燕忙

巨龙腾盛世
乳燕报新春

龙开新世纪
人遇好年华

云飞翔瑞凤
雷震起渊龙

龙舞长城雪
燕鸣北国春

神龙腾世纪
猛虎镇乾坤

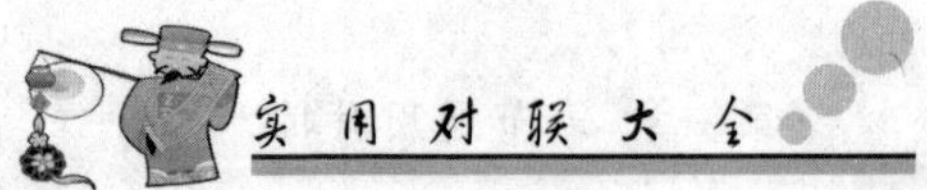

纵情挥笔墨
放胆舞龙蛇

云飞翔瑞凤
雷震起渊龙

大泽龙方蛰
中华景永春

人有鸿鹄志
国呈龙虎姿

英雄扬虎魄
华夏振龙威

新年兴骏业
盛世起龙图

海为龙世界
云是鹤家乡

腊尽蛟龙跃
春归莺燕忙

浪打龙宫鼓
风敲月下门

破壁神龙舞
迎春紫燕飞

江山助磅礴
龙虎壮精神

龙腾翻巨浪
虎啸动春雷

燕语新华喜
龙腾大地春

鸟鸣千户晓
龙舞一池春

龙腾翻巨浪
虎啸动春雷

春节龙开新纪
门庭燕舞吉祥

大展鲲鹏羽翼
壮怀龙马精神

千古龙盘虎踞
三春燕舞莺歌

鸟语花香春媚
龙腾虎跃国强

海上神龙跃起
梅梢春信初来

龙腾虎跃创大业
江奔河涌向小康

丰收欢歌送玉兔
新春载舞迎神龙

金龙献瑞苏万物
绿柳迎春喜千家

旭日东升雄狮吼
中华崛起巨龙腾

万里春华开锦绣
九州龙虎会风云

雄狮竞舞中华志
巨龙腾飞民族魂

神州春暖山河秀
华夏龙腾日月新

梅柳三春飞雏燕
炎黄一脉是神龙

蛟龙出海迎红日
紫燕归门报早春

梅花香遍神州地
龙步震开盛纪春

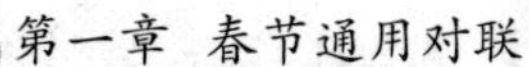

岁降金龙蒙化雨
年逢惠政沐春风

龙腾新纪百年好
马跃长征万里遥

九州骨肉同龙脉
两岸山河共月圆

喜看龙年花千树
笑饮改革酒一杯

丹凤朝阳歌盛世
苍龙布雨润神州

龙腾华夏钟灵地
春满神州书画园

无边春色来天地
有志金龙越古今

中华跃日神龙舞
大地迎春紫燕飞

龙飞凤舞升平世
燕语莺歌锦绣春

国运国兴凭国策
龙飞龙跃靠龙人

世纪风云龙际会
春风杨柳燕剪裁

两袖清风龙虎惧
一身正气鬼神惊

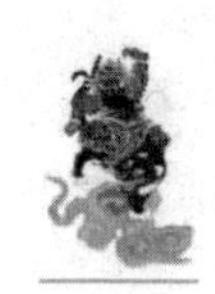

龙腾霄汉开新运
鹊立枝头报好音

大丈夫无须待兔
有志者必定腾龙

龙腾虎跃风云壮
物阜年丰国运昌

喜兔岁九州丰稔
愿龙年百业昌荣

九州日丽迎新纪
四海龙吟乐大年

出海神龙开世纪
挥毫妙笔颂春秋

中华民族龙传世
百鸟成群凤向阳

千里云霞辉大地
万般气象壮龙年

鸟鸣春日惊山水
鱼跃龙门动地天

世纪春光辉大地
江山国色舞神龙

九天揽月中华志
四海腾龙民族魂

世纪图腾龙翅首
中华崛起国扬眉

才闻兔岁凯旋曲
又唱龙年祝福歌

八面威风增国力
九州春色启龙年

江山依旧龙盘踞
世纪更新国富强

千寻凤阁攀云上
五色龙江抱日流

天地神龙开盛纪
人间紫燕舞新春

辰日一轮驰浩宇
龙年百业壮中华

龙岁迎来新世纪
莺歌唱出好春光

民情雀跃符民意
国步龙腾壮国威

如意春风催虎啸
吉祥云彩壮龙腾

笔走神龙大手笔
春归盛世好青春

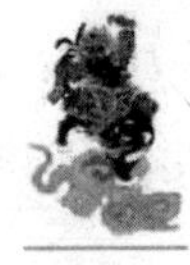

春日春风春浩荡
龙年龙岁龙腾飞

快抓良机辞兔岁
欣承国运展龙图

金龙闹海春潮涌
喜鹊登枝福韵高

金龙出海迎新岁
彩凤朝阳贺小康

青云浩气腾龙步
捷报宏图振国威

幸福家庭龙虎卧
文明宅第子孙贤

笔架山高才气现
砚池水满墨龙飞

龙上高天凤翔远树
春盈大地花漫神州

一柱擎天九龙腾跃
八仙过海五岳欢歌

龙钟传技不留一手
老树著花贵有繁枝

四海英才，龙腾虎跃
千秋大业，霞蔚云蒸

龙子龙孙龙年会龙潭
虎头虎脑虎气生虎威

百姓喜金瓯同歌宝鼎
九州辞玉兔共接神龙

一柱撑天宇，神州崛起
五星耀中华，巨龙腾飞

金凤舞蓝天欢歌盛世
玉龙回大地喜贺丰年

辞旧岁喜看金秋硕果累
迎新年欢庆龙春气象新

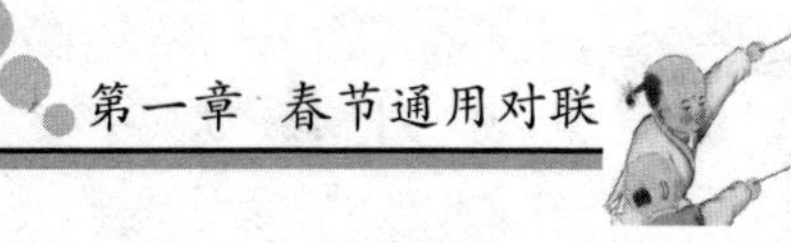

美酒千樽欢送玉兔归山
赞歌万首喜迎金龙出海

玉兔归时羡慕人间春色美
金龙跃处喜看华夏画图新

巳蛇年联

蛇舞升平世
莺歌富贵春

蛇酿新年酒
花开盛世春

民逢大有岁
国正小龙年

山舞银蛇景
梅香瑞雪春

龙舞山河壮
蛇盘世纪新

除牙难捕鼠
添足便成龙

龙展强邦志
蛇生富国情

花放山河丽
蛇迎世纪春

岁辞大泽春风劲
人舞小龙世纪新

龙去神威在
蛇来春意浓

捷报书宏志
春风乐小龙

世纪更新人不老
灵芝献寿蛇迎春

金蛇盘玉兔
赤帜舞神州

诗吟大有岁
人颂小龙年

山蛇起舞云行雨
喜鹊争鸣雪点梅

金蛇含瑞草
紫燕报新春

龙去神威在
蛇来紫气生

龙兴大业开新纪
蛇舞阳春奏凯歌

龙怀强国志
蛇舞富春图

睛点龙飞去
珠还蛇返来

蛇献金珠龟献寿
鸟鸣玉宇鹿鸣春

金蛇狂舞日
紫燕报春时

龙蛇交替舞
岁月又更新

银蛇舞处民心乐
喜鹊歌时韵味香

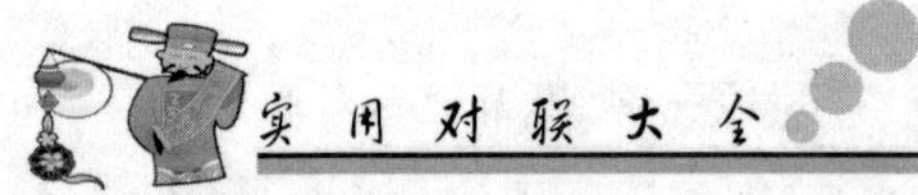

四海龙腾佳日去
千山蛇蛰早春来

寿比青松福比海
蛇盘玉兔鹊盘梅

龙去蛇来，星移物换
莺飞燕舞，日暖风和

金蛇披彩新春到
喜鹊登梅幸福来

银花火树新春夜
丹凤金蛇大治年

金山水漫双蛇舞
绿野春归百鸟鸣

蛇行瑞气增春色
人展宏图壮国威

午马年联

人欢马叫
春和景明

花香招鸟语
马跃起龙图

群星朝北斗
万马啸东风

红旗映日
金马迎春

万马奔腾日
千门幸福花

马啸关山月
莺歌杨柳春

彩云追月
骏马迎春

春来山水秀
马跃路途宽

老骥志千里
新春花万重

百花开锦绣
万马起云烟

人催千里马
国展五星旗

鹏举富强志
骏驰改革风

白鹅游暖岸
金马啸长风

骏马生双翼
鸿图壮九州

迎春燕语巧
踏雪马蹄轻

霜蹄千里骏
风翮九霄鹏

柳营晨试马
虎帐夜谈兵

一堂开淑景
万马度新春

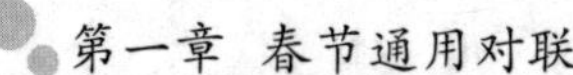
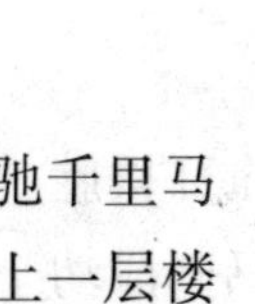

高风驰骏马
大道有晴天

天高鹏展翼
路远马扬蹄

马驰春象里
人在画图中

立马千山矮
望春万木荣

民驰千里马
国上一层楼

雪中飞赤兔
月下赶黄骠

海阔凭鱼跃
路遥任马驰

花开天下福
马跃人间春

神州骑骏马
大地展新容

春暖千花笑
日升万马奔

乐驰千里马
更上一层楼

马驰原野阔
春暖柳烟浓

雪片纷纷凝瑞
马蹄嘚嘚报春

白马壮心奔大道
青春浩气献中华

春归禹甸风光美
马纵山河气势雄

一路马蹄花引蝶
万家春色柳闻莺

十里早莺鸣暖树
八匹骏马跃雄关

蹄花千里沾晨露
柳浪万重叠夕阳

无须添足蛇回洞
不用扬鞭马奋蹄

古柳荫中来走马
好花深处有鸣禽

灵蛇匿迹飞青霭
天马行空驾白云

向阳花木三春秀
得意马蹄一路风

好借春风酬壮志
快催骏马跃前程

红霞瑰丽铺云路
骏马奔腾荡柳烟

好雨知时群卉盛
春风得意四蹄轻

江涛气势风雷动
龙马精神世纪兴

伯乐选贤识骏骥
英雄酬志效鲲鹏

水如碧玉山如黛
人奋雄心马奋蹄

改革新潮催骏马
振兴大业起鸿图

人欢马叫丰收岁
狮舞龙腾改革潮

八骏风驰千里近
一年花发十分红

举红旗旗开得胜
乘骏马马到成功

新岁更腾千里马
壮心高展九霄鹏

十里早莺鸣暖树
一群骏马跃雄关

万马千军创大业
五湖四海涌春潮

戎马生涯留壮史
逐龙健步度晚年

千畴竞秀丰收景
万马奔腾改革图

马叫人欢奔旭日
风驰电掣奋征程

政策归心人振奋
春风得意马腾飞

九天日暖张鹏翼
四野春新逐马蹄

大道扬鞭驰骏马
高天阔地展雄才

跃马扬鞭抒壮志
耕云播雨夺丰收

大鹏欢喜天空阔
骏马何愁道路长

峡外千帆朝故里
神州万马跃前程

莺歌杨柳枝枝秀
马跃前程步步高

天马行空迎盛纪
黄莺戏柳报新春

豪情振笔歌新岁
骏马加鞭奔坦途

勒马开怀颂改革
迎春祝酒庆丰年

马蹄声碎开新路
春酒味浓贺大年

马逢伯乐驰千里
鹏举高天展万程

雄狮竞舞中华志
骏马奔腾民族风

山舞银蛇梅吐艳
原驰骏马草含春

三春乍暖牛得草
万里知遥马识途

鸿雁翔云迎旭日
青骝夺路起桃烟

金蛇起舞颂功去
骏马奔腾报捷来

举红旗旗开得胜
乘骏马马到成功

腾海蛟龙频击浪
识途老马自扬蹄

银蛇喜送峥嵘岁
骏马欣迎锦绣春

辞年喜饮三蛇酒
贺岁争描八骏图

雄心驯服腾云马
壮志敢擒出海龙

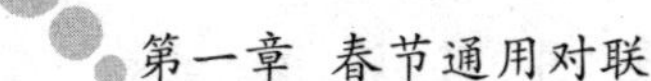

挺身愿作长征马
俯首甘为孺子牛

壮志凌云振鹏翼
扬鞭催马奔征程

庆盛世雄狮轻起舞
展宏图快马猛加鞭

蓝图全靠能人绘
骏马还凭伯乐挑

银蛇蛰伏藏瑰宝
骏马腾飞起宏图

春风得意马驰千里
旭日扬辉光照万家

鹏举长空九万里
马驰盛纪两千年

绿水青山九州生色
金戈铁马四海扬威

五谷丰登银蛇载誉去
百花争艳金马踏春来

旗展五星四海笑
马奔万里九州春

一夜报春百花齐放
三阳开道万马奔腾

百花争艳祖国春光好
万马奔腾改革事业兴

快马加鞭争朝夕
壮志凌云写春秋

行而不合若骥千里
纳无所穷如海百川

奇迹不奇英雄能创造
远征非远良马自奋蹄

新春献意千门富
快马加鞭万里程

跃马迎春春风扑面
抬头见喜喜气盈门

闻鸡起舞春光回大地
跃马争春喜气到人间

春日融融万树繁花竞放
红旗猎猎千骑骏马争先

玉宇澄清花香鸟语升平世
金瓯永固马叫人欢幸福春

万马奔腾为江山添锦绣
宏图再展与日月竞举辉

未羊年联

金羊启泰
彩凤鸣春

羊肥马壮
国富民丰

羊迎大吉
岁纳永康

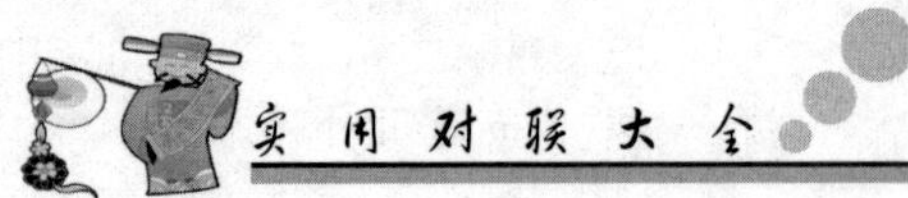

马驰万里
羊恋千山

马蹄留胜迹
羊角搏青云

马带祥云去
羊挟惠风来

羊肥马壮
国富民丰

马留英雄气
羊会世纪风

马嘶飞雪里
羊舞画图中

马开胜景
羊领新潮

羊毫抒壮志
燕梭织春光

笙歌辞旧岁
羊酒庆新春

花香丰稔岁
燕舞吉祥图

五羊争献瑞
万马喜留春

马跃庆丰年
羊鸣歌盛世

羊酒敬新春
骊歌辞旧岁

骏马奔千里
吉羊进万家

红梅赠马岁
彩烛耀羊年

春草连天绿
羊群动地吹

丁年方鼎盛
未雨欲绸缪

马年腾大步
羊年展宏图

未时骄阳艳
羊岁淑景新

马辟长安道
羊开大吉春

马革酬壮志
羊碑纪丰功

马载祥云去
羊携惠雨来

马拓康庄道
羊铺锦绣云

羊欢芳草地
人乐小康时

马去雄风在
羊来福气生

天涯芳草绿
华夏玉羊欢

神骏留胜迹
吉羊报平安

三羊开泰日
万事亨通年

红梅增马岁
彩烛耀羊年

立志当怀虎胆
求知莫畏羊肠

乌金黄土故地
白羊绿野新郊

春露秋霜连广宇
羊肠鸟道变通途

马尾松青凝瑞雪
羊毫笔墨舞春风

马岁家家如意
羊年事事吉祥

画展春城描特色
诗题羊石纪新春

五羊献瑞增春色
百鸟争鸣唱福音

八骏荣归除夕夜
三春新谱放羊歌

宝马腾飞迎福至
灵羊起舞报春来

金穗飘香香四季
玉羊报喜喜千家

人逢盛世精神爽
岁转阳春气象新

催马唤羊逢盛世
叱云沐雨览新春

马蹄踊跃驰千里
羊角扶摇上九霄

万树争荣添翠色
五羊献瑞报佳音

五羊衔穗年丰稔
双燕迎春岁吉祥

骏马班师飞捷报
喜羊启程醉芳甸

八骏奔腾创伟业
五羊跳跃展新图

世上尘埃随马尽
人间春色逐羊来

草肥水甜牛羊壮
人杰地灵五谷香

万象更新新世纪
五羊献瑞瑞门庭

玉宇澄清观燕舞
草原茂盛喜羊欢

康庄道路飞天马
劳动门庭莅吉羊

小道羊肠无阻碍
雄心捷足好登攀

世纪更新花吐艳
春风送暖瑞呈祥

羊年喜千家祝福
国运昌万物生春

吉羊健步迎春至
洪福齐天及第来

老马识途终有益
羔羊跪乳最多情

惜别垂杨难系马
喜瞻叱石尽成羊

老马识途辞旧岁
灵羊衔穗报丰年

世纪春风萌绿草
山乡柳笛放群羊

草肥水甜牛羊壮
人杰地灵五谷香

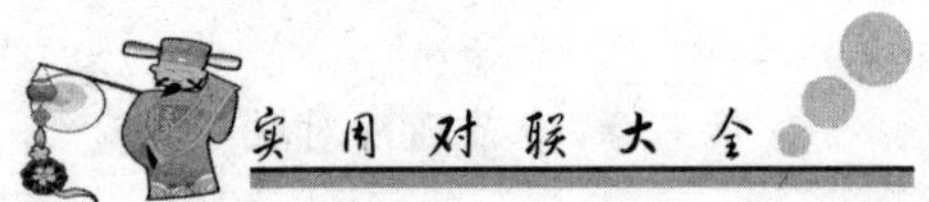

醴水甘醇夸美酒
羊毫柔软写红联

玉路长通争跃马
金瓯永固不亡羊

羊饮春水山村碧
人领风骚当代雄

北斗光明春台起凤
南溟壮阔羊角抟鹏

赠鹿果然圆旧梦
牧羊缘事动哀思

时雨春风五羊献穗
尧天舜日百凤朝阳

羊肥马壮人人喜
酒绿灯红户户欢

福鹿吉羊三元开泰
尧天舜日万象更新

楼头有伴应归鹤
原上无人见牧羊

过佳节方知红日暖
度阳春倍觉党恩深

春草茸茸催马壮
碧溪潺潺助羊肥

喜鹊迎春红梅香瑞雪
吉羊贺岁金穗报丰年

驰骋春风追丽日
扶摇羊角步青云

改革起宏图神州巨变
丰年添笑语万事吉祥

马驰万里传捷报
羊越千山奏凯歌

喜洋洋绿水青山春永驻
美泰泰丰衣足食福无边

马年已绘丰收景
羊岁继吟致富诗

红杏丛中朝见牛羊出圈
绿柳郊外夕闻鸟雀归林

百凤迎春朝晓日
五羊衔穗兆丰年

骏马辞年不懈奔腾千里志
吉羊献岁同迎欢乐万家春

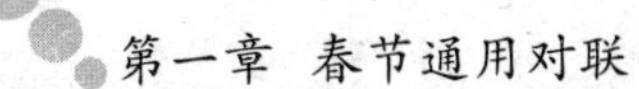

瑞雪绽红梅君正啸天傲地
芳春织绿草我来放马牧羊

岁届吉羊燕舞莺歌齐祝福
年逢盛世桃红柳绿尽芳菲

羊笔如椽描山绘水书春意
马蹄腾雪步韵留香报福音

春暖人心世界三千同雀跃
风搏羊角云程九万共鹏飞

羊酒微醺酡颜人共桃符艳
春风乍拂捷报声随爆竹传

月异日新不少羊肠成大道
春和景泰好多蜗舍变高楼

三阳开泰来处处三春美景
五福骈臻至家家五谷丰登

万马闯雄关春回大地繁花俏
五羊开玉局旗展东风旭日辉

申猴年联

猴扫妖气
岁纳祯祥

羊辞清淑景
猴报吉祥春

羊辞玉乾坤
猴奔花果山

猴桃献寿
鸟语迎春

鸡鸣歌善政
猴舞灭妖风

美猴腾瑞气
金鲤戏春波

金猴当大王
铁臂展宏图

金猴开玉宇
紫燕舞新春

古木鸣寒鸟
空山啼夜猿

羊舞丰收岁
猴呈福寿春

猴舞尧天碧
鸡鸣舜日红

群猴齐祝福
举国共迎春

玉宇迎春至
金猴献寿来

金猴扶正气
玉宇荡清风

羊辞霜雪地
猴攀桃李枝

申年桃献瑞
猴岁雪兆丰

羊裹银装知玉洁
猴生火眼识真金

玉兔探头观美景
金猴捧果献华年

百业农为本
万灵猴占先

天增岁月人增寿
猴献蟠桃鹿献芝

丰年瑞雪宴华夏
猴岁良宵乐纪元

羊舞丰收岁
猴吟锦绣春

玉兔出宫观盛世
金猴降世笑丰年

大圣重来寰宇净
小康正享万家欢

金猴方启岁
绿柳又催春

金猴奋起迎新纪
喜鹊争鸣报福音

子夜羊随爆竹去
晓晨猴驾春风来

大圣重来征腐恶
宏图再展现辉煌

金猴得意迎春早
赤子倾心建国忙

民颂金猴澄玉宇
岁迎紫气送灵羊

赤胆忠心扶正气
金睛火眼扫邪风

金猴挥棒扶正气
绿野走犁绣春光

玉兔探月观新纪
金猴捧桃笑丰年

金猴献瑞春光艳
彩凤呈祥淑景新

羊留喜气臻洪福
猴显神能颐华年

猴山花果红如锦
瑞地禾苗绿似茵

献果金猴迎稔岁
穿花彩蝶舞新春

羊聚祥云天降玉
猴腾紫气地生金

桃林片片千山秀
猴岁家家万象新

羊辞旧岁留祥瑞
猴捧仙桃祝寿康

火眼金睛开玉宇
红梅绿柳报新春

金猴玉兔弄春色
紫燕黄莺弹妙音

羊毫扎笔描春色
猴子腾云振国威

羊年得福全家福
猴岁迎春遍地春

碧野千里铺锦绣
金猴一群闹春园

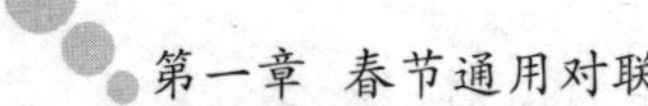
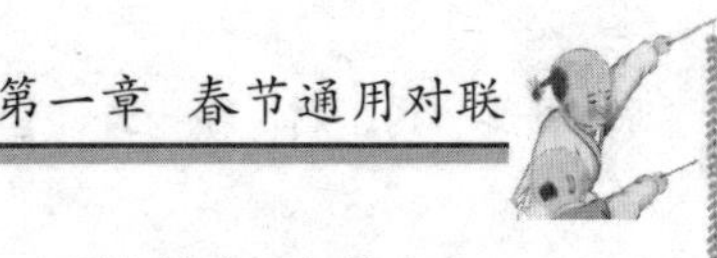

柳絮并随春燕舞
桃枝正遇跳猿攀

紧握羊毫留青史
奋挥猴棒辟征程

回首羊年呈喜庆
举眸猴岁报平安

雪消门外千山绿
猴到人间万户春

桃林层层千山秀
猴岁户户四季春

羊舞烟花报捷去
猴持金棒送春来

金猴奋起千钧棒
玉宇澄清万里埃

猴喜满园桃李艳
岁迁遍地春光明

紫燕展翅腾柳浪
金猴攀援上春山

猴喜满园桃李艳
岁迁遍地日光明

金猴举棒驱妖魔
八方进宝迎瑞气

金猴奋起群山翠
祖国腾飞四海春

金猴献瑞财源广
紫燕迎春生意隆

瑞雪纷飞迎盛世
金猴欢跃报丰年

猴捧仙桃祝大寿
燕鸣翠柳报新春

银树呈祥花果硕
金猴献瑞国民殷

满园春色探墙外
两岸猿声报喜来

紫燕翩翩飞锦地
金猴跃跃步春晖

羊羯回头添如意
猴王振臂保平安

碧野千里铺锦绣
金猴一群闹春园

梅柳渡江九州春暖
羊猴换岁四海花香

玉羊毫多添文采
金猴棒大鼓雄风

猴偕丽日庆盛世
燕舞春风迎新年

金猴献礼，家家顺利
喜鹊闹春，事事吉祥

羊年六畜兴旺五谷丰登
猴年九州欢歌四化辉煌

羊岁去矣，应记取亡羊教训
猴年来兮，当发扬金猴精神

大圣光临十亿神州张正气
小康在望两千年代展雄风

酉鸡年联

闻鸡起舞
跃马争春

鸡鸣一日首
梅绽百花前

鸡鸣万户晓
鹤舞一年春

山鸡舞镜
天马行空

鹿鹤同春日
鸡羊大福年

金鸡鸣盛世
特色壮神州

鸡鸣晓旦
燕舞阳春

鸡鸣春燕舞
柳静紫莺歌

雪白寒梅艳
鸡歌春谷晴

鹊报春喜
鸡传佳音

金鸡鸣盛世
紫燕舞新春

鸡声催晓读
鸟语唤春耕

世新千面鼓
春早五更鸡

山高三尺月
春晓一声鸡

鸡唱中兴世
鹿鸣大有年

鸡舞三多日
犬迎五福春

鸡歌能醒梦
花月可留春

鸡唱康平世
鹿鸣福寿春

闻鸡龙起舞
跃马国腾飞

雪融金谷满
鸡报玉堂春

猴辟小康路
鸡臻大有年

鸡舞司晨早
犬蹲守夜勤

春暖金鸡唱
才高玉尺量

鸡鸣天放晓
政改地回春

鸡鸣村觉晓
鱼戏水知春

闻鸡晨练武
借萤夜观书

红鸡啼夜晓
黄犬吠年丰

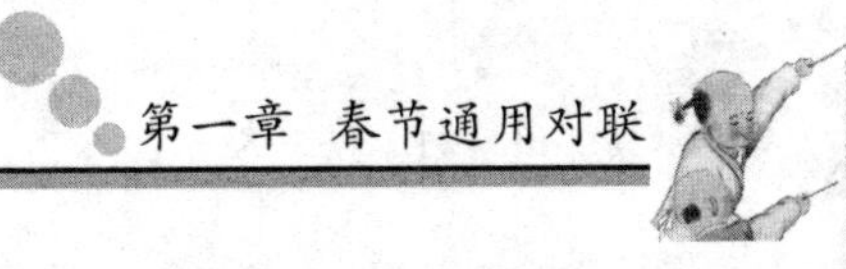

宝鸡征吉兆
金凤递和声

鸡声催晓读
燕语唤春耕

户外鸡声催晓日
屏前人影醉春风

猴引康庄道
鸡迎锦绣春

我唱迎春曲
鸡鸣报晓声

白鹤青松长寿景
金鸡红日艳阳春

鸡鸣一日首
梅绽百花前

日暖庭前鸡报午
花开户外鸟鸣春

金鸡报晓清山秀
紫燕凌空旭日升

旭日光天地
金鸡报吉祥

千重柳浪惊莺梦
三遍鸡声破曙光

金鸡献岁人民福
丹凤朝阳世纪春

鸡鸣大地醒
鹊报满园春

日新月异金鸡唱
鸟语花香大地春

金鸡报晓山河壮
彩凤鸣春岁月新

鸡叫霜晨月
人迎世纪春

万家鸡叫普天锦
一夜风和遍地春

鸡鸣万壑长天锦
日耀千山大地春

鸡鸣村觉晓
鱼戏水知春

金鸡一唱千门晓
绿柳千条四海春

闻鸡踏碎霜晨月
跃鹊催开一剪梅

雄鸡歌曙色
妙手绣春光

引颈高歌鸡起舞
举旗奋进国腾飞

四季花香蝴蝶舞
三春喜讯鹊鸡鸣

玉宇迎春丽
雄鸡昂首歌

引凤来仪昭大治
闻鸡起舞着先鞭

枝头喜鹊言春早
院里金鸡报岁新

燕舞春光丽
鸡鸣国色娇

万里春光五彩画
一声鸡韵九州春

兆丰消息听瑞雪
报喜佳音看金鸡

鱼游春本纳余庆
鸡唱曙光报吉祥

凤鸣春春不老凰
雄鸡报晓晓生晖

雄鸡一唱天下白
锦犬再雕宇宙春

鸡观盛世风云静
鹊闹红梅庭院香

鸡鸣拂晓河山秀
春满神州气象新

雄鸡唱罢九州乐
金犬吠来四海安

庭院鸡鹅谈好事
枝头燕雀话丰年

鸡鸣五谷丰登景
燕舞千家幸福年

金鸡报晓歌大治
丹凤朝阳赞中兴

紫燕旋飞寻旧宇
金鸡高唱贺新年

朝阳晨露雄鸡唱
瑞气春花紫燕飞

金鸡唤出扶桑日
锦犬迎来大地春

五更鸡声声唱晓
千里马步步登高

碧水清波观鸭泳
竹篱农舍有鸡啼

闻鸡起舞迎元旦
击壤而歌颂小康

白鹤衔来千户寿
金鸡唤醒五湖春

庭院鸡鹅谈好事
枝头燕雀话丰年

把酒当歌歌盛世
闻鸡起舞舞新春

碧野千重铺锦绣
金鸡一曲唱丰收

堤柳欲眠鸡唤醒
春花初绽蝶闻香

金鸡喜唱催春早
绿柳轻摇舞絮妍

瑞气盈门勤致富
金鸡报晓广生财

梅花吐艳新春丽
鸡韵成歌盛世长

两岸金鸡歌一统
九州赤子报三春

爆竹千声歌盛世
金鸡三遍唱丰年

晨光初踞雄鸡唱
红杏出墙彩蝶飞

犬能守夜迎新岁
鸡可司晨送旧年

喜报人间逢盛世
春盈大地舞金鸡

跃马扬鞭芳草地
闻鸡起舞杏花天

红日升空辉大道
金鸡报晓促长征

金鸡一唱传佳讯
玉犬三呼报福音

鸡韵入帘时正午
花香动扉日方晨

金鸡啼开千门喜
东风吹入万户春

梅迎春意添新色
鸡沐风光报福音

玉管千声歌玉镜
金猴一抖唱金鸡

指鹿施威偏道马
杀鸡惩诫却惊猴

闻鸡起舞迎元旦
击壤而歌颂小康

一世清明开盛纪
百花烂熳缀鸡年

金鸡喜唱催春早
绿柳轻摇舞絮妍

大地春回金鸡报晓
中天日丽玉宇生辉

雄鸡喜唱升平日
志士欢歌改革年

鹰击长空兴邦有志
鸡鸣大地治国倾心

金鸡高唱迎春曲
铁牛欢催改革潮

春满神州日丽风和
鸡鸣华夏山新水美

把酒当歌歌盛世
闻鸡起舞舞新春

雄鸡一二声人间尽晓
瑞雪三五片天下皆春

一唱雄鸡天下白
几枝红杏世间春

闻鸡启步骏马迎春跃
踏雪过年葵花向阳开

夜静月明观玉桂
晨清日暖卧金鸡

大业奋群英闻鸡起舞
小康唤诸雄策马前驱

远景初描猴岁已收硕果
宏图大展鸡年更上新阶

金猴举棒，驱走千年旧俗
雄鸡报春，迎来一代新风

北斗回寅万户金鸡争唱晓
东风送暖一双紫燕喜迎春

醒狮一吼地动山摇震寰宇
雄鸡三唱人欢马叫展宏图

瑞雪含春装点山河多锦绣
雄鸡唱晓唤醒大地更妖娆

春满神州山欢水笑迎春节
鸡鸣盛世燕舞莺歌庆鸡年

雄鸡喔喔颂尧天，邦兴国治
腊狗汪汪歌舜日，春暖花开

鸡唱月归，一线长天皆瑞霭
犬歌日出，九州大地尽朝晖

雷震南天，滚滚春潮生九域
鸡鸣大地，彤彤旭日耀寰球

大业方兴，五星旗展金鸡唱
小康在望，四化图开彩凤飞

金鸡报晓，时转三阳迎淑气
红梅竞放，花开五福庆丰年

人寿年丰，金猴辞岁归帘洞
民安国泰，玉羽司晨报晓春

瑞雪映丰年稻黄棉白千畴景
金鸡唱赤县水绿山青四海春

万象喜回春，守信知廉标五德
一元欣复始，司晨报午必三鸣

戊狗年联

金鸡报晓
神犬驱邪

金鸡歌国泰
义犬报民安

花灯悬街市
玉犬守门庭

闻鸡起舞
放犬缉私

戊刻花灯亮
狗年喜气盈

犬护祥和宅
人过幸福年

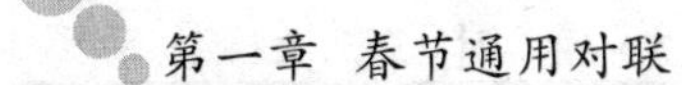
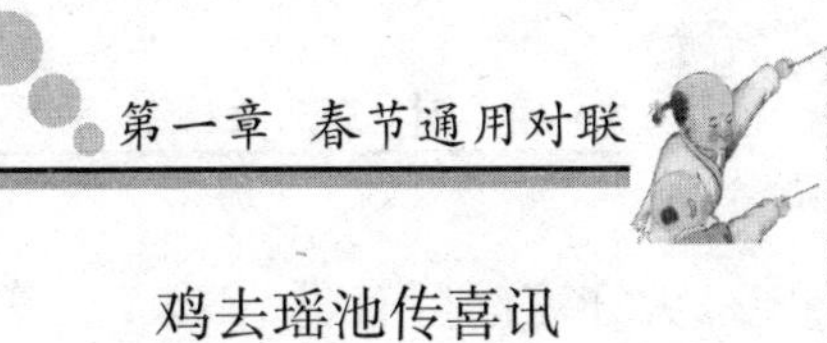

犬守良宵夜
莺歌娱乐春

犬守平安日
梅开如意春

鸡去瑶池传喜讯
犬来大地报春意

红梅扬正气
黄耳报佳音

玉犬衔春来
金鸡载誉归

国富民强缘改革
鸡鸣犬吠报升平

犬守平安夜
雀鸣幸福年

福同金犬至
春随紫燕归

鸡追日月雄风舞
狗跃山河瑞气生

戌日耀吉瑞
狗年臻福祥

犬守平安岁
花开幸福春

鸡年利事家家乐
犬岁发财户户欢

白梅凌雪尽
黄耳报春来

燕剪三阳柳
犬迎万户春

犬卧花阶知地湿
莺歌柳上报春来

燕剪千丛锦
犬迎万户春

犬吠佞人丧胆
鸡鸣玉宇生辉

岁早青松挺瑞色
风香黄犬卧花阴

春眠强国梦
犬护富民家

舜日重临华夏
犬年大展雄姿

鼠随灭害潜踪去
犬为安居放胆眠

春来燕子舞
犬献雪梅图

犬效丰年家家富
鸡鸣盛世处处春

天狗下凡春及第
财神驻足喜盈门

春光明盛世
玉犬贺新年

鸡岁已添几多喜
犬年更上一层楼

九州日月开春景
四海笙歌颂狗年

德禽鸣福寿
义犬保平安

龙翔华夏迎新岁
气搏云天奋犬年

方观竹叶舒鸡爪
又赏梅花印犬蹄

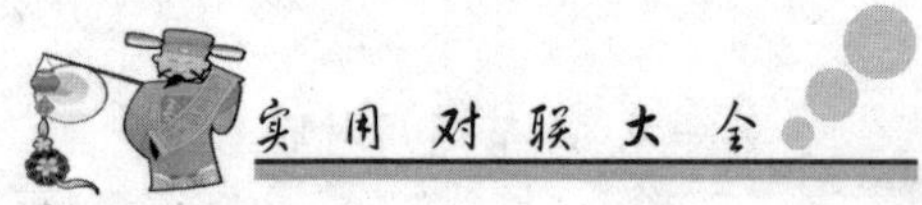

犬守家门门有喜
毫敷毛笔笔生花

警犬擒凶臻大治
神龙强国起宏图

警犬擒凶功可誉
群龙除孽世能昌

三多竹叶雄鸡画
五福梅花义犬描

鹤鸣松柏人丁旺
犬守门庭社稷安

狗看门户喜无恙
人积粮棉岁有余

犬看门户民长泰
法治国家世永春

年逢大有牛羊壮
国步小康鸡犬宁

犬能守夜多情义
人若忘恩不及伊

犬爱穷家天下贵
凤毛麟角世间稀

新春玉犬门前卧
华夏金龙天外飞

喜引春风拂绿柳
笑迎玉犬送金鸡

丰年富足人欢笑
盛世平安犬不惊

鸡仁犬义人康泰
雨顺风调岁稔丰

春光明媚燕莺舞
社会文明鸡犬宁

犬卧宅阶知地暖
鹊登梅萼报春新

月异日新鸡报晓
年祥岁吉犬开门

狗护一门喜无恙
人勤四季庆有余

狗来富裕猫来贵
鹤舞寿松燕舞春

鸡鸣天上登仙境
犬入云中唤宝山

新年伊始山川秀
玉犬初临日月长

春风六九观狮舞
气象万千乐狗年

犬能守夜户常泰
人若忘恩天不容

戌岁祝福万事顺
狗年兆丰五谷香

疏柳鸣莺千谷静
新春卧犬一村安

龙翔华夏迎新岁
气搏云天奋犬年

犬卧阶眠知地湿
鸟临窗语报天晴

瑞雪翩翩兆稔景
犬蹄朵朵报春花

鼠因仓固潜踪去
犬为世宁放胆眠

自古有言须防盗
于今无处不惩凶

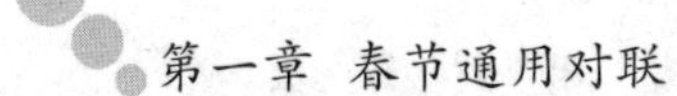

犬无知嫌路窄
大鹏有志恨天低

金犬传祥春烂漫
红梅献瑞景芳菲

岁欢犬闹，梅花一路
春暖燕归，飞剪漫天

锦鸡报捷摇金步
黄犬迎春跃玉阶

四海升平花荫卧犬
五湖秀丽柳浪闻莺

金鸡报好音家家幸福
玉犬迎新岁户户安康

亥猪年联

猪年兴旺
槽头发财

财神随岁至
家崽拱门来

养猪勤致富
跃马笑迎春

爆竹传吉语
腊梅报新春

亥时春入户
猪岁喜盈门

猪为六畜首
梅占百花魁

亥来四季美
猪献满身肥

猪肥家业盛
春好国运长

养猪能致富
放鹤可延年

人开致富路
猪拱发财门

养猪能致富
有志莫忧贫

六畜猪为首
一年春占先

春丽花如锦
猪肥粮似山

猪是农家宝
龙为中国根

虽属生肖后
却居六畜先

农户百猪乐
神州万象新

六畜猪为宝
四时春占先

亥时春入户
猪岁喜盈门

猪肥粮茂盛
民富国昌隆

春和猪似象
家睦子成龙

猪肥家业盛
春好寿数长

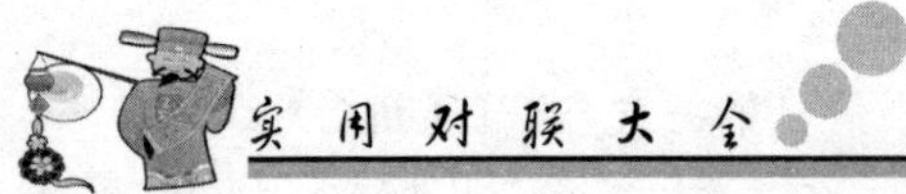

巳呼迎盛世
亥算得高年

猪是家中宝
粪为地里金

猪肥家业盛
人好寿春长

春早人勤地壮
猪多肥足粮丰

花香鸟语春无限
沃土肥田猪有功

两年半夜分新旧
万众齐欢接亥春

戌岁乘龙立宏志
亥年跃马奔小康

时势安定蔚景象
猪年如意获丰收

窗花剪猪招财富
壁上画虎镇鬼神

戌年引导小康路
亥岁迎来锦绣春

天好地好春更好
猪多粮多福愈多

戌岁已添新气象
亥年更做大文章

利民富国一身宝
足食丰衣四季财

狗年已展十分锦
猪岁再登百步楼

春色随心描旧景
亥猪送狗贺新年

猪是财神拱万户
燕为春使舞千家

巧剪窗花猪拱户
妙裁锦绣燕迎春

燕衔春信春光好
猪拱财门财富多

吉日生财猪拱户
新春纳福鹊喳梅

景象承平开泰运
猪肥如意获丰财

时势安定蔚景象
猪年如意大丰收

衣丰食足戌年乐
国泰民安亥岁欢

骚人乐撰新春对
墨客欣书亥岁联

国泰民安戌岁乐
粮丰财茂亥春兴

猪多粮足农家富
子孝孙贤亲寿高

硕鼠悠悠眠洞里
肥猪悄悄拱门来

景象承平开泰运
金猪如意获丰财

蕃繁六畜猪堪饲
富裕千家君献功

肥肉一身堪入市
钉耙九齿好犁田

春联横批

春满人间	能文能武	吉星高照	恩泽千秋
欢度新年	红梅报春	淑气临门	继往开来
普天同庆	春风送暖	瑞气盈门	福积泰来
万象更新	发达兴旺	高瞻远瞩	新春志禧
风和日丽	百花齐放	龙腾虎跃	龙飞凤舞
一片光明	恭喜发财	春风徐来	积德人家
一元复始	瑞雪报春	红日高照	岁岁平安
前程似锦	六畜兴旺	春华秋实	繁荣昌盛
辞旧迎新	五谷丰登	拥军优属	山欢水笑
欢度佳节	江山多娇	励精图治	阖家欢乐
国泰民安	万紫千红	光明磊落	一代风流
喜气洋洋	后继有人	推陈出新	六合同春
风华正茂	生意兴隆	知足常乐	除旧迎新
四季长春	壮志凌云	日月增辉	恭贺新禧
江山如画	安居乐业	一心为公	四季呈祥
鹏程万里	艰苦奋斗	春风得意	春风化雨

宾至如归	见义勇为	和气生财	辞旧迎新
人杰地灵	群贤毕至	万事大吉	万民同乐
一尘不染	喜庆丰年	物华天宝	神州永春
移风易俗	祖国昌盛	万事如意	福水长流
松风竹韵	风调雨顺	春色满园	福气临门
百业兴旺	牛肥马壮	政通人和	安定团结
年年有余	福地洞天	福如东海	文明盛世
百花迎春	紫气东来	人寿年丰	春色满园
户纳千祥	招财进宝	美满幸福	山河壮丽
志在四方	勤劳致富	欢度春节	奋发向上
万事亨通	纳福迎祥	人心思富	物阜民康
龙凤呈祥	人定胜天	兴旺发达	旭日祥云

DI ER ZHANG JIE RI DUI LIAN

第二章　节日对联

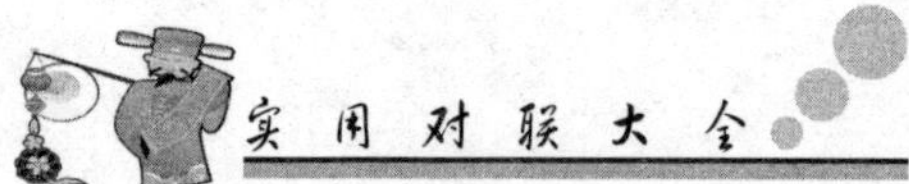

元旦对联

岁将更始
时乃日新

新年朝气
古国雄风

启一元复始
待四序更新

喜辞旧岁
笑迎新春

元令千家喜
旦晖万木新

天开新岁月
人改旧乾坤

欢天喜地
吐气扬眉

春风传捷报
梅韵贺新年

元旦人同乐
神州地共春

人逢盛世
岁值华年

韶光辞旧岁
乐事话新年

天心随律转
人事逐年新

江山永固
岁月更新

腊随一夜去
春逐五更来

一年复始九州同庆
八方和协四季平安

天开美景春光好
人庆丰年节气和

旧岁乘风传捷报
新年飞雪送征程

国运兴隆如旭日
事业发达胜阳春

旧岁扬鞭已跃马
新年折桂再乘龙

万紫千红春簇锦
五光十色月增华

国历欣逢元旦节
人民合唱吉祥歌

腊梅朵朵迎新岁
瑞雪飘飘兆丰年

国历欣逢元旦节
新春合放自由花

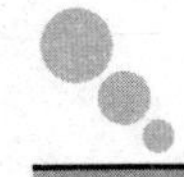

男女老少都添一岁
欢天喜地同过新年

河山毓秀古国春光昭万代
岁月更新中华气概炳千秋

元宵节对联

日清月朗
灯彩星辉

九陌连灯影
千门共月华

明月千门雪
银灯万树花

无边春色
有庆年头

元月辉灯灿
宵歌伴舞狂

锦城灯结彩
花市月含华

光天满月
火树银花

春阳调玉烛
华月送清歌

一团拥宝炬
千点灿银星

月光皎洁
银烛辉煌

灯楼灿明月
火树暖春风

笙歌归院落
灯火接楼台

星桥铁锁
火树银花

天上一轮满
人间万里明

巧人调玉烛
天下乐元宵

万户鼓吹
银光有焰

万家元宵宴
一路太平歌

放手擎明月
开心乐元宵

千城明月朗
万户彩灯辉

千家春不夜
万里月连宵

花市千门月
灯街万户春

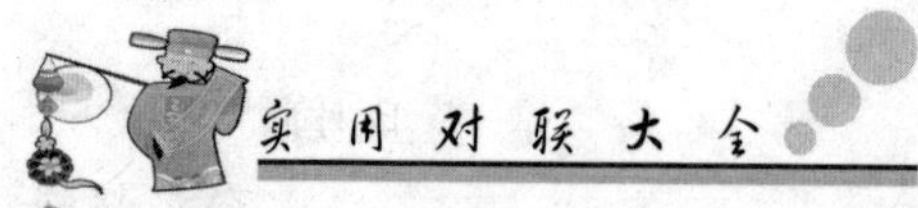

锦城灯结彩
花市月含华

明月皎皎千门秀
华灯盏盏万户春

五彩花灯千里共
一轮皓月九州同

灯楼灿明月
火树暖春风

玉宇无尘一轮月
银花有艳万点灯

光腾月殿流蟾魄
花灿星桥吐凤文

寒笳送走人间腊
晓角吹回雪里春

银花火树开佳节
紫气丹光拥玉台

民安国泰狂欢日
火树银花不夜天

中天皓月明世界
遍地笙歌乐团圆

淑气鸿喜家家乐
彩灯春花处处新

万家灯火同秋月
大地光明不夜天

碧树银台万种色
野花啼鸟一般春

飞龙舞凤成夜市
击鼓踏歌皆春声

喜地欢天饮美酒
张灯结彩闹元宵

金市灯光游子月
珠帘香袭美人风

天空明月三千界
人醉春光十二楼

飞龙舞凤成夜市
击鼓踏歌皆春声

火树光腾村不夜
银花艳吐景长春

火树银花富贵色
良宵美景太平春

明烛送来千树玉
彩云移下一天星

街头灯影逐花影
树中梅香伴酒香

万户管弦歌盛世
满天焰火耀春光

玉宇无尘千倾碧
银花有焰万家春

灿烂华灯明盛世
铿锵锣鼓颂丰年

美人何处教歌舞
上将今宵夺昆仑

万里春灯元夕宴
满街灯火太平歌

笙歌声沸长春地
星月光映不夜天

春风朗月人皆醉
狮舞龙腾国尽欢

万里河山铺锦绣
满城管弦乐太平

一帘春色门垂柳
万斛珠光地涌莲

万点春灯银花有色
一轮皓月玉宇无尘

玉烛长映千门乐
花灯遍照万户明

远景近景良宵美景
礼花鲜花火树银花

雪月梅柳开春景
花灯锣鼓闹元宵

千门挂红灯灯火迎佳节
万树绽银花花团闹元宵

三五星桥连月圆
万千灯火彻天街

放出花灯，天上银河失色
听来箫鼓，人间茅屋生春

中天皓月明世界
遍地笙歌乐团圆

重旦重赓，已被薰风之北
分阳可惜，何须秉烛而游

玉宇无尘碧波万顷
银光有焰喜气盈庭

光耀银花，一刻千金春对酒
清传玉漏，五更三点月留人

美好前程春色美好
火红年代华灯火红

三五良宵，月明碧汉三千界
银河泻影，人醉春风十二楼

三八妇女节对联

妇扬美德
女立新风

青春花共艳
伟志宇同高

三八宏图展
九州春意浓

花迎三八节
功盖半边天

淑气芝兰茂
春风桃李香

良辰三八节
妇女半边天

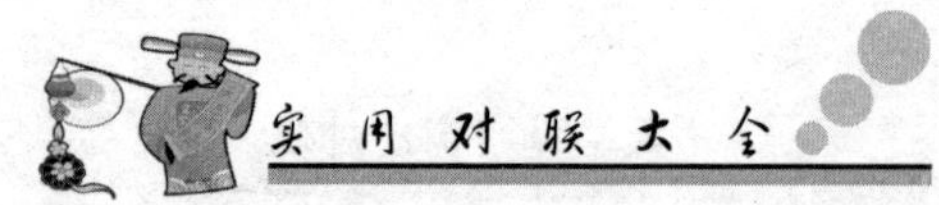

婆媳和睦胜母女
姑嫂亲爱赛姐妹

昔日女界多贡献
当今巾帼再登攀

女儿柔情慈母心
巾帼义胆干将风

朗照乾坤千里月
平分世界半边天

争当三八红旗手
敢胜九州铁血男

虽是裙钗并无娇气
敢称雄杰同唱大风

男儿可举千钧鼎
妇女能擎半个天

为妇女扬眉吐气
与男儿并驾争雄

为国家增光添彩
与男儿并驾齐驱

中华妇女立壮志
当代巾帼谱新篇

争当创业红旗手
勇作弄潮娘子军

深情歌唱三春景
巧手描成百福图

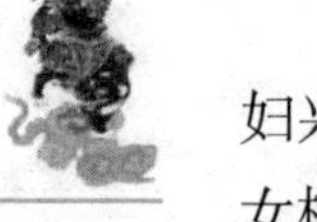

妇兴大业丰功立
女树新风美德存

不做小女人，巾帼敢挑千斤担
欲成大事业，吾侪能顶半边天

祖国腾飞巾帼英雄创大业
神州巨变中华儿女展宏图

自尊自爱自立自强，敢挑革命重担
多艺多才多能多识，争做巾帼英雄

清明节对联

桐花吐艳
榆火分新

痛心伤永逝
挥泪忆深情

燕子来时新春
梨花落后清明

日暖轮蹄路
风翻锦绣程

春风重拂地
佳节倍思亲

清风明月本无价
近水远山皆有情

烟景催槐叶
风期数楝花

英雄万民尊敬
烈士百世流芳

清明丽日怀先烈
亮月新天念故人

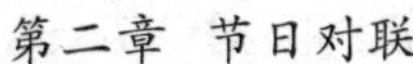

英雄功绩昭百世
烈士芳名耀千秋

睹物思亲常入梦
训言在耳犹记心

萧声冷节传榆火
雨意前村闹杏花

柳枝袅袅报春意
杏花团团念祖恩

姓在名在人不在
思亲想亲不见亲

禁火今年逢节早
飞花镇日为人忙

莽原四面清歌起
田野八方明月辉

相逢马上逢桃雨
喜见树前闹杏花

国运昌隆英雄胆壮
金瓯无恙烈士心安

华夏含悲怀烈士
绵山垂泪念忠贤

继往开来追壮志
先前裕后慰英灵

逢盛世更加感谢前辈
遇佳节愈益思念亲人

槐火光明春替换
杏花消息雨传知

三月光阴槐火换
二分消息杏花知

五一劳动节对联

鲜花献模范
美酒敬英雄

欢庆五一佳节
建设两个文明

敢想敢为齐奋勇
克勤克俭共腾飞

克勤称美德
劳动最光荣

掌握科学规律
发扬改革精神

励精图治千家富
正本清源万木春

劳动创造世界
春天属于人民

百年树长百年旺
五月花开五月红

十亿同心鹏展翅
九州昂首马腾蹄

同心兴国谱新曲
合力治邦奏凯歌

四化宏图呈曙色
千秋大举布春光

进取途中多志士
拼搏场上尽英雄

百业昌隆鱼翔大海
全民奋发鹰击长空

鹏程万里凌云志
伟业千秋揽月功

劳动红花千秋焕彩
英雄本色万代相传

火炬光辉红五月
东风吹遍好河山

倒海移山豪情永在
改天换地其乐无穷

勤俭自古称美德
劳动如今更光荣

劳动光荣劳工神圣
生产发展生活提高

锦绣江山留胜迹
风流人物看今朝

奇迹非奇劳动可创造
高山不高只要肯登攀

敢想敢为齐奋勇
边改边革共腾飞

有志夺魁行行业业能拔萃
忘我工作勤勤恳恳即风流

劳动迎来新世界
忠勤造就好江山

走改革路要除旧破旧弃旧
搞现代化须识才爱才用才

五四青年节对联

心灵美好
情操高洁

品格端正
意志坚强

江山红万代
革命继千秋

一代新风树
百年大计兴

革命青年循正道
赤诚新秀写春秋

当青年闯将
做时代英雄

五四精神惊百代
万千美景待一笔

青春红似火
大志壮如山

革命江山兴大业
风流人物看今朝

江山披锦绣
人物倍风流

前辈创业垂青史
长征接力有后人

有理想有道德
爱祖国爱人民

五四青年留典范
新潮壮士著春秋

青春不懈攻关志
华夏正需治国才

立愚公移山大志
学雷锋革命精神

苦学只嫌时日短
成才全靠志气长

壮丽青春绣美景
广阔天地放英华

旭日暖心霞灿景
青春报国志凌云

朝气蓬勃争四有
奋力拼搏奔小康

宜将青春献中华
莫让韶光付水流

宜将青春作砥柱
莫让韶光付水流

莫让韶光付逝水
宜将烈火燃青春

开神州千秋大业
展华夏万古雄风

三春雨露共荣万树
一代风流同振九州

时代青年耀今烁古
新兴事业继往开来

一代英豪九州生色
八方儿女四海为家

奋勇当先莫负青春岁月
坚贞立志只争松柏精神

学海无涯千舟竞渡
书山有路万众争攀

端午节对联

日逢重午
节序天中

绿艾悬门添藻彩
青蒲注酒溢芬芳

榴花彩绚朱明节
蒲叶香浮绿醋樽

天中令节
地腊良辰

艾叶如旗招百福
菖蒲似剑斩千妖

端午池莲花解语
夏晨岸柳鸟能言

海国天中节
江城五月春

吉粽佳茗称益智
白艾香包善驱邪

海国中天魂招屈子
江城五月笑看龙舟

保艾思君子
投粽吊贤人

堂前萱草眉舒绿
石上榴花眼耀红

艾草飞香午门纳福
龙舟竞渡万水欢歌

保艾思君子
依蒲祝圣人

榴裙萱薰增颜色
艾酒蒲浆记岁华

节启朱明榴图献瑞
辉增翠葆艾绶翔华

门幸无题午
人渐不识丁

结艾钗头轻战虎
夺标船首惯乘龙

石榴映红日千门喜庆
鼓乐催龙舟万水欢歌

龙舟竞渡不忘楚风余韵
诗台抒怀更忆圣哲先贤

美酒雄黄正气独能消五毒
锦标夺紫遗风犹自说三闾

代代龙舟竞渡追怀屈子
年年角黍投江祭奠诗魂

六一儿童节对联

立凌云志
做栋梁材

三好学生明志远
一旗火炬映心红

早立凌云志
誓当接力人

抚育校园新花朵
培植祖国栋梁材

年少宏图运
鸟雏志向高

六一儿童欢度节
万千花朵正宜人

从小爱科学
长大攀高峰

一代英雄从小育
满园花朵向阳开

祖国新花朵
未来小主人

儿歌曲曲讴真爱
童话篇篇乐稚心

千秋折桂手
一代接班人

笑脸恰如花怒放
歌声好似鸟齐鸣

创建千秋大业
栽培一代新人

花儿朵朵逢春放
稚子声声向日歌

阳光下棵棵幼苗成栋梁
春风里朵朵红花吐芳菲

歌舞欢腾六一儿童庆佳节
薰风和煦万千花朵正宜人

花放满园无数新苗逢喜雨
香飘四季万千春蕊沐甘霖

七一建党节对联

党恩春荡荡
家庆日融融

政策英明开盛世
党风纯正惠民心

红旗已指先锋路
青史应留正气歌

户户庆年盛
家家谢党恩

花木向阳春不老
人民跟党志难移

曾缚苍龙开创业
又乘骏马续长征

红日千秋照
乾坤万代红

爱党心诚葵向日
孚民德重凤朝阳

党树新风千载美
国施善政万年红

花随春雨艳
福依党恩生

国运昌隆民做主
人心欢愉党擎旗

一柱擎天，江山不老
五星照地，赤县长春

七星辉玉宇
一统固金瓯

岁月逢春花遍地
人民有党志登天

三山推翻，功盖华夏
两制构想，璧合神州

红旗挥日月
妙手绣乾坤

政策光辉昭日月
人民智慧焕河山

教师节对联

职业高尚
教师光荣

尊师重教
育才兴邦

为国之教
作人之师

心血育桃李
辛勤扶栋梁

点燃理想火花
培育建设人才

愿作人梯育新秀
甘为孺子当黄牛

碧血催桃李
丹心树栋梁

且喜满天桃李艳
不悲两鬓霜雪寒

热汗染成千顷绿
丹心育出万代红

栋梁砥大厦
桃李芳九州

举国尊师兴伟业
全党重教育英才

辛勤育得花朵艳
汗水换来桃李香

尊师同重教
育才共兴邦

无声润物三春雨
有志育才一代功

舞剑吟诗欣笔韵
高歌流水壮雄心

红梅知春早
翠柏识岁寒

千篇新诗园丁赞
万首衷曲育人歌

纳百川而成大海
通群艺以育英才

民有尊师意
世开重教风

园丁辛勤一堂秀
桃李成荫四海春

喜捧丹心培后裕
愿遣朱墨画春山

桃李满天下
德才传世间

百年大计千秋业
三代李桃万世才

人梯巧搭登攀路
心血勤浇栋梁材

春霖滋沃土
矢志育新苗

喜掏丹心培后代
好研朱墨写春秋

辛勤育得花朵艳
汗水换来桃李香

踏踏实实做人
兢兢业业为师

白发喜见迎春柳
丹心笑种向阳花

教育振兴期学校
人才陶冶仰良师

驰笔常苦日短
展卷不怨夜长

举国尊师兴伟业
栉风沐雨做园丁

备课常伴三更月
教书总想四化春

人才要靠教育培养
智力须从幼时开发

立足本职献身教育
为人师表无尚光荣

为人师表诲而不倦
替国树才教必有方

春蚕巧织满园锦绣
红烛点燃一代心灵

重教尊师人文蔚起
发蒙启智国运昌隆

愿作园丁勤劳浇灌
甘为烛炬尽力燃烧

丹心育出一代新秀
热情浇开百丛鲜花

忠诚党的教育事业
培养国家建设人才

甘做园丁为祖国添秀
愿化新雨给桃李送春

掏出丹心谱写园丁曲
洒尽汗水甘当种树人

汗水晶莹润绿千根竹
丹心透艳催开满园花

似黄牛耕耘知识土壤
如蜡烛照亮美好心田

严教严管精心培育新秀
重德重才全面选拔人才

东风劲吹老树新枝齐竞秀
红日普照嫣红姹紫尽争春

豪情不减一腔热血浇桃李
白霜日增满腹文章颂春秋

茹苦含辛，衣带渐宽终不懈
培桃育李，花蕾初放最欢心

红烛播光明，沥血呕心人共仰
新苗承雨露，培桃育李世同钦

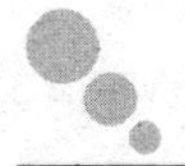

中秋节对联

明月映天
甘露被宇

泛渚怀袁子
登楼学谢公

月满一轮辉宇宙
花香千里到门庭

二仪含皎洁
四海尽澄清

一宵当皎洁
四海尽澄清

占得清秋一半好
算来明月十分圆

半夜二更半
中秋八月中

薄怀鉴明月
高情属云天

人逢喜事精神爽
月到中秋光辉增

天上一轮满
人间万里明

明月本无价
高山皆有情

几处笙歌留朗月
万家箫管乐丰年

白人随鹤舞
明月逐人归

一天秋似水
满地月如霜

玉轮光满大千界
银汉秋澄三五宵

冰壶含雪魄
银汉漾金波

绿窗明月在
青史古无人

轮影渐移花树下
镜光似挂玉楼头

尘间人自老
天际月常明

春秋多佳日
山水有清香

三五良宵开玉宇
大千世界涌冰轮

曲是乡音美
泉为故土甜

国强家富人寿
花好月圆年丰

喜得天开清旷域
宛然人在广寒宫

中天一轮满
秋野万里香

一曲霓裳传玉笛
四围云锦拥金徽

月满一轮辉宇宙
花香千里到门庭

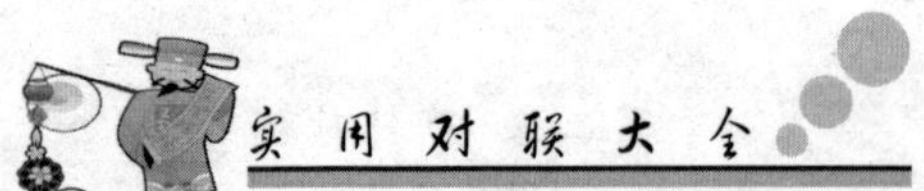

金鸡啼明天破晓
嫦娥起舞月高悬

人逢喜事尤其乐
月到中秋分外明

逢盛世欣逢圆月
度丰年喜度中秋

共赏圆月不忘骨肉父老
喜迎中秋怀念台湾同胞

日射晚霞金世界
月临天宇玉乾坤

琼宇高寒，遥映一轮兔影
冰壶朗彻，平分五夜天香

一曲霓裳传玉笛
四围云绵拥金徽

放眼观三五良宵秋澄银汉
抬头看大千世界光满玉轮

重阳节对联

黄花宴
红叶诗

糕含登高意
菊呈晚节情

院闭表霞人
松高老鹤寿

芝生紫色
鞠有黄华

高山明夕照
大地暖余辉

步步登高开视野
年年有喜度重阳

三三令节
九九芳辰

黄花香晚节
夕阳灿霞天

松柏长青操节著
桑榆虽晚彩霞红

东篱开寿菊
南陌献嘉禾

敬老成时尚
举贤传德风

步步登高开视野
年年重九胜春光

临风乌帽落
送酒白衣香

重阳人更乐
三径菊添香

夏至本逢三伏热
重旭戊遇一冬晴

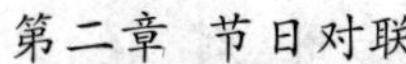

陶处士风流不朽
孟参军举止偏闲

三径归时秋菊在
满城近日雨风多

远山含笑金风爽
秋水碧澄艳菊香

菊花早放铺金蕊
桑叶新开泻玉缸

草逢春日向阳绿
人到老年爱晚晴

燕知社日辞巢去
菊为重阳冒雨开

菊酒荣为延寿客
茱萸屈作辟邪翁

白首壮心千里志
虚怀劲节百年歌

三径归时松菊在
满城近日雨风多

何处题糕酬锦句
有人送酒对黄花

夕照桑榆晚景好
时逢盛世老人安

国庆节对联

普天同庆
日月增辉

江山永固
日月长恒

国富山河壮
民强天地新

山欢水笑
物阜民康

山河十月秀
祖国万年春

江山千古秀
大地一家春

龙腾虎跃
燕舞莺歌

万民皆喜庆
百族共繁荣

前程千帆竞发
盛世万象更新

山河壮丽
岁月峥嵘

江山生异彩
日月放光辉

风景这边独好
江山如此多娇

江山不老
神州永春

百族歌同庆
九州喜共荣

人逢国庆精神爽
月到中秋玉宇明

民生有幸年年好
国运无疆日日长

祖国花香人同乐
故乡月朗燕思归

高秋好赋腾飞曲
盛世当歌奋进诗

龙腾凤起千重锦
地厚天高十亿声

金风卷起千层浪
玉宇澄清万里埃

中华崛起宏图大展
民族振兴伟业常新

祖国江山期一统
人民事业颂群星

惠政兴邦千家乐
赤诚报国万众心

安定团结人心所向
正本清源国运必兴

祖国与天地同寿
江山共日月争辉

光明中国天天好
人民江山日日新

锦绣河山倍添锦绣
文明古国更加文明

大地山河归一统
中天日月照万年

共和国光辉灿烂
丰收年气象更新

祖国建设蒸蒸日上
工农生产欣欣向荣

惠政兴邦千家乐
赤诚报国万众心

祖国山河无限好
人民天下万年长

年年国庆庆祝新胜利
处处笙歌歌唱大丰收

九万里舆图焕彩
五千年史册生辉

金秋好赋腾飞曲
盛世当歌奋进诗

国庆恰逢稻熟丰登日
佳节正值秋高气爽天

一代英豪开伟业
九天丽日庆长春

举国英豪开新局
中天丽日庆长春

DI SAN ZHANG HUN JIA DUI LIAN

第三章　婚嫁对联

贺新婚通用婚联

二姓合婚
百年偕老

行文明礼
结自由婚

锦瑟调鸿业
香词谱凤台

百年好合
五世其昌

百年佳偶
一世良缘

百年琴瑟好
千载凤麟祥

珠联璧合
凤翥鸾翔

志同道合
花好月圆

志于云上得
人似月中来

乾坤交泰
琴瑟和谐

夫妻恩爱久
鸾凤和鸣长

红莲开并蒂
彩凤喜双飞

荷开并蒂
芍结双花

合欢联二姓
缘聚系三生

祥云辉绣辇
瑞气霭华堂

月圆花好
凤舞龙飞

当门花并蒂
迎户树交柯

创业成知己
新婚结同心

云开五色
户拱三星

百年歌好合
五世卜其昌

同心过日月
比翼称凤鸾

丹心锦联
白头偕老

鱼水千年合
芝兰百世荣

喜望红梅放
乐迎淑女来

天成佳偶
金玉良缘

琴瑟春常润
人天月共圆

才高鹦鹉赋
春入凤凰楼

莲花开并蒂
兰带结同心

并蒂花最美
同心情更长

良日良辰良偶
佳男佳女佳缘

蓝田曾种玉
红叶自题诗

两人偕白首
四化献青春

喜共花容月色
何分秋夜春宵

玉堂歌燕喜
金屋听莺娇

流水红叶句
回文织锦诗

佳偶百年好合
知音千里相逢

凤凰鸣瑞世
琴瑟谱新声

吹箫能引凤
攀桂喜乘龙

两两同心报国
双双协力持家

四季花长好
百年月永圆

才郎工绘画
淑女会吟诗

永结百年谐静好
宏开五世广其昌

鼓瑟迎嘉客
吹笙引凤凰

结成终身伴侣
建立美满家庭

二姓联婚成大礼
百年偕老乐长春

金风过静夜
明月悬新房

四季娇花长好
百年皓月永圆

鸳鸯相戏水色美
琴瑟偕弹福音多

琴瑟春常润
人天月共圆

并蒂花开四季
比翼鸟伴百年

海誓山盟期百岁
情投意合乐千觞

锦堂双璧合
玉树万枝荣

向阳红花争艳
比翼俊鸟齐飞

双飞黄鹂鸣翠柳
并蒂红花映碧波

芝兰千载茂
琴瑟百年合

两个勤劳能手
一对恩爱夫妻

云汉鹊桥牛女渡
春台桐架凤凰飞

彩笔喜题红叶句
华堂欣诵爱情诗

酒醒黄花香自远
诗题红叶喜增多

月色临窗窥倩影
佳人侍读伴新郎

一朝喜结千年侣
百岁不移半寸心

春花吐艳光花烛
翠柳凝香上柳眉

共结百年恩爱伴
同描四化富强图

文章价重千秋事
夫妻和睦百年春

成亲莺歌燕舞日
结婚花好月圆时

欣看天上团圆月
祝福房中互爱人

连理枝头山海永
同心瓣里地天长

淑女新郎同敬礼
银灯红烛共交辉

共倚晓窗迎旭日
同耕桑田播春光

正是莺歌燕舞日
恰逢花好月圆时

琴瑟永谐三敬酒
芝兰同茂百年春

几度新诗题红叶
十分恩爱到白头

吉日红烛光闪闪
良宵美景月圆圆

喜酒喜糖办喜事
新婚新俗树新风

吉日人间歌合璧
银河天上渡双星

花好月圆逢吉庆
男婚女嫁贺祯祥

蝶趁春光忙结伴
人逢吉日喜成亲

午夜鸡鸣欣起舞
百年举案喜齐眉

红色轿车接淑女
朱丹佳对赞新郎

蜜月虽从今日始
情心却在百年间

今日结成并蒂莲
明朝共栽幸福花

化雨春风苏万物
巧姑新妇睦千家

自去自来梁上燕
相亲相近水中鸥

为祖国添砖添瓦
给家庭增喜增光

天高地厚情长在
石烂海枯心永连

窗前共览三春景
灯下同吟一卷诗

凤管久谐箫史配
梅花已点寿阳妆

吉人吉时传吉语
新人新岁结新婚

志同德合青春美
地久天长幸福多

柳暗花明春正半
珠联璧合影成双

百岁夫妻常合好
千秋伴侣永和谐

赤诚招来飞鸿落
深情激得玉石开

满座嘉宾漾喜气
一声花炮报新人

百年恩爱双心结
千里姻缘一线牵

两情鱼水春作伴
百年恩爱花常红

种就福田如意玉
养成心地吉祥云

名驹逸足腾千里
彩凤徽音叶二南

迎东风双燕飞舞
向旭日并蒂花开

红花并蒂相偕美
紫燕双飞试比高

合欢花花花欢合
双飞燕燕燕双飞

良缘喜结鸳鸯谱
春色永驻劳动家

巧借花容添月色
欣为秋鹊架银桥

并蒂开放向阳花
同心谱成幸福歌

青丝共少最亲热
白头偕老更恩爱

同心同德家邦盛
相爱相亲岁月长

齐家典则存三礼
经国文章在二南

杯交玉液飞鹦鹉
乐奏瑶笙引凤凰

两情雨水春为伴
百脉爱丝谊永联

并肩同走幸福路
携手共绘锦绣春

和睦门庭风光好
恩爱夫妻幸福长

皓月描来双燕影
寒霜映出并头梅

行为心灵双美好
才华事业两风流

金鸡昂首祝婚礼
喜鹊登梅报佳音

可意初行平等礼
同心合唱自由歌

红叶题诗欣赠嫁
青梅煮酒庆于归

相亲相爱新伴侣
互帮互学好夫妻

婚联醉客情弥重
腊鼓催人酒不酣

情歌唤醒水中月
喜泪润开腮边花

意似鸳鸯飞比翼
情如鸾凤宿同林

婚尚自由除旧俗
礼从简朴树新风

柳荫双栖莫忘志
荷塘并蒂当知时

紫箫吹月翔丹凤
翠袖临风舞彩鸾

爱情坚贞花正好
志趣融洽月常圆

鹊桥初驾双星渡
熊梦新征百子祥

情书曾凭红叶奇
洞房全仗黄花饰

婚姻自主破旧俗
喜事节俭立新风

喜结鸳盟相永爱
壮怀鹏志共双飞

摇落红梅毡铺地
飘来瑞雪花撒帐

恩爱夫妻双美合
风光大好一年中

鸾凤双栖桃花岸
莺燕对舞艳阳天

文明诗友厅间客
远戚近邻座上宾

鸿雁贺喜衔霜叶
秋风迎新带桂香

情投意合结伴侣
心随志融配鸳鸯

爱情花开红四季
姻缘果甜美百年

柳暗花明春正半
珠联璧合影成双

蓝桥求饮良缘缔
舍屋藏娇夙愿偿

翡翠屏前鸾对舞
芙蓉帐里凤双飞

不劳鸿雁传尺素
且喜秋声入洞房

疑义不须良友析
论文可向细君谈

玉镜人间传合璧
银河天上渡双星

旧曲那如新曲乐
先天还借后天成

瑞霭华堂偕凤卜
春生锦帐叶熊占

青梅竹马男偕女
海誓山盟女嫁男

爱在相亲相敬里
情寓互助互勉中

稳似泰山要携手
俏如白莲并开花

月下彩娥来跨凤
云间仙客喜乘龙

红桃宜插新人鬓
翠柳巧成同心结

新笔喜题红叶句
华堂欣诵爱情诗

云抱玉林芝草茁
香飘金屋篆烟清

志同德合青春美
地久天长幸福多

文窗绣户垂帘幕
银烛金杯映翠眉

大雁比翼飞万里
夫妻同心乐百年

百子帐开留半臂
五丝缕细结同心

双飞得是关雎鸟
并蒂长开连理枝

共羡齐眉吴市案
相看挽手鹿门车

门书喜字乾坤大
家得丽人日月长

一岭桃花红锦绣
万条银烛引天人

天结良缘绵百世
夙成佳偶肇三多

俱为蝴蝶无双偶
愿作鸳鸯不羡仙

丹山凤振双飞翼
东阁梅开并蒂花

文鸾对舞珍珠树
海燕双栖玳瑁梁

金鸡踏桂题婚礼
喜鹊登梅报佳音

齐眉共举梁鸿案
中目欣看孔雀屏

文挥锦绣珠垂璧
粉傅兰胸云压梅

晶心每自心中觉
蜜月浑如月里游

今日画眉春在手
他年攀桂月当头

引凤才高应跨凤
屠龙技绝自乘龙

吉星在户照花烛
良友临门闹洞房

且看淑女作佳妇
从此奇男已丈夫

夫妻恩爱情义重
家庭和睦幸福多

秦晋联姻春意闹
凤凰鸣瑞彩霞飞

互敬互爱春永驻
同心同德乐无穷

山青水碧风光美
酒绿灯红喜气多

一杯喜酒迎宾共喜
两颗红心向党更红

雅奏鸣鸾谐佩玉
佳期彩凤喜添翎

九畹兰香花并蒂
千树梧碧凤双栖

燕舞莺歌云开五色
兰馨芝秀志在九州

秋水银堂鸳鸯比翼
天风玉宇鸾凤和声

爱情纯真月圆花好
目标远大地久天长

花烛光中山盟海誓
洞房深处意洽情融

克俭克勤永偕白首
晚婚晚育珍重青春

宜室宜家勤俭为本
互助互爱劳动争先

春风浩浩春心漾漾
美事甘甘美语绵绵

春日融融红梅朵朵
花香阵阵彩蝶双双

良缘自缔同甘共苦
喜事新办易俗移风

盛世结良缘火红事业
新人怀壮志高尚情操

才子凌云佳人咏雪
榴花映日蒲叶摇风

鸾凤和鸣春光满目
燕莺比翼壮志凌云

不愿似鸳鸯嬉戏浅水
有志像海燕搏击长风

两门多喜两家多福
一对新人一代新风

日丽风和华堂春满
月圆花好绣阁香浓

婚联两姓结百年佳偶
志奋九州创一代新业

男女勤劳堪称美德
爱情纯洁永缔良缘

百花齐放情花最美
万木峥嵘爱树常青

结一世姻缘山盟海誓
祝百年伉俪地久天长

互敬互爱互勉德业
倾慕倾心倾诉衷肠

宝瑟瑶琴堪成挚侣
高山流水总是知音

交颈鸳鸯并蒂花下立
协翅紫燕连理枝头飞

男男女女恩恩爱爱
对对双双喜喜欢欢

凡间乐事今宵最乐
世上新人此日尤新

并肩前进自是云天比翼
结伴长征定当风雨同舟

男欢女爱鸳鸯戏水
情投意合鸾凤朝阳

好鸟双栖嘉鱼比目
仙葩并蒂瑞木交枝

小两口描图绘影心相印
好夫妻春播冬藏汗共流

一代良缘九天丽日
八方贵客七色彩虹

男欢女爱山盟海誓
璧合珠联地久天长

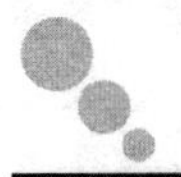

贺春日新婚联

柳阵眉稍黛
梅添额上妆

桃符新换迎春帖
柏酒还斟合卺杯

梅花芳讯先春试
柳絮吟怀小雪初

春回谐风律
风静奏鸾箫

春光入院花容艳
喜气盈门人意和

蝶趁好花欣结伴
人逢盛世喜成亲

春和花并蒂
日暖树交柯

鸳鸯夜月铺金帐
孔雀春风软玉屏

人面如花添雅丽
春风似酒倍香浓

日掩芙蓉帐
春添锦绣帏

两情于水春作伴
百岁夫妻志相同

燕投画阁祥云瑞
莺啭香帘春色浓

花烛辉联元夜月
凤箫吹过玉堂春

雨露滋培连理树
春风吹放合欢花

花开并蒂山河暖
燕结同心杨柳新

柳色映眉妆镜晓
桃花照面洞房春

天地增三分春色
人间添两缕情思

佳节佳期得佳偶
新岁新春做新人

美满夫妻春自永
勤劳门第福常临

春风春雨春常在
喜日喜人喜事多

欣逢佳节春光好
喜结良缘气象新

春人翠帏花有色
风来绣阁玉生香

柳色映眉妆镜晓
桃花照面洞房春

十里好花迎淑女
一庭芳草长宜男

芙蓉账里春宵暖
梅柳江头物候新

碧岸雨收莺语柳
蓝田日暖玉生烟

春山春水春常在
喜事喜人喜日来

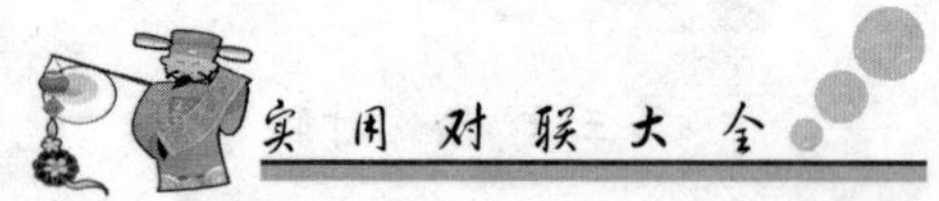

云拥妆台和风正暖
花临宝扇旭日初长

日丽华堂莺歌燕语
春融绣幕凤舞鸾翔

春风薰梅染柳绣大地
情侣蜜意柔情乐洞房

景丽三春天台桃熟
祥开百世金谷花娇

贺夏日新婚联

栀绾同心结
莲开并蒂花

风箫声奏解炎曲
金屋人簪辟暑犀

合欢花灿双辉烛
竞艳榴开百子图

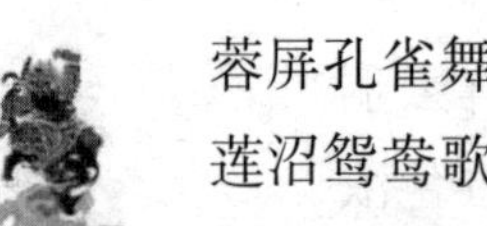

蓉屏孔雀舞
莲沼鸳鸯歌

向晓红莲开并蒂
朝霞彩凤喜双飞

云路高翔比翼鸟
龙池深种并蒂莲

喜酒香浮蒲酒绿
榴花艳映佩花红

酷暑锁金金屋见
荷花吐玉玉人来

好花宜种留春苑
蜜月同游消夏湾

探花幸际辰初夏
梦燕欣逢节未秋

出水红莲开并蒂
朝阳彩凤喜双飞

采花恰值辰初夏
梦燕欣逢麦报秋

采莲君子新求偶
咏雪佳人夙缔缘

才子凌云诗咏雪
榴花映日剑摇风

风送鸾箫声入户
云扶凤辇喜临门

玉楼冰簟鸳鸯枕
璇阁晶帘鹦鹉杯

双双黄鹂鸣翠柳
对对红鳞戏碧波

曲奏笙歌迎淑女
筵开凉菜会嘉宾

贺秋日新婚联

秋满瑶京看折桂
月明银汉听吹箫

金针绣出天孙锦
彩笔挥成玉女诗

合节双星牛共女
清歌一曲月如霜

秋色淑华吉祥止止
威依徽美乐意陶陶

清管曲余鹦鹉语
碧梧栖老凤凰枝

彩凤和鸣梧桐荫茂
关雎雅化苹藻仪修

百合香车迎淑女
中秋朗月照宾朋

红叶题诗，蓝田种玉
黄花酿酒，黛笔画眉

喜看新郎争采桂
欣迎淑女乐留枫

稻熟麦香丰收张喜宴
秋高气爽欢乐迎新亲

月圆花好欢美景
道合志同度良宵

朗月庆长圆光照庭前连理树
卿云何灿烂瑞符天上吉奎星

皓月清光增客兴
中秋佳节乐宾筵

贺冬日新婚联

红梅开并蒂
喜烛照双花

婚筵留客情弥重
腊鼓催人酒不酣

画眉笔带凌云志
种玉人怀咏雪才

不夜珠明花灿烂
解寒钗暖雪消融

此日花开梅并蒂
今宵人庆月初圆

载雪梅花飘绣阁
临风兰韶入香帏

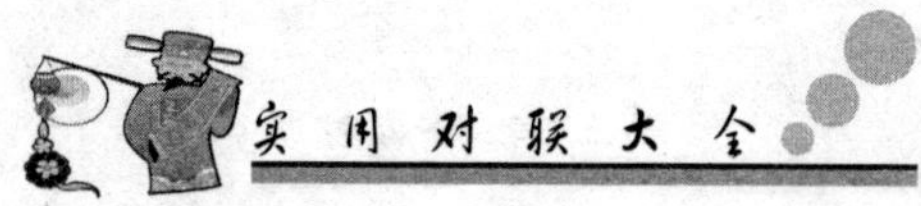

黄花酿酒合欢醉
绣阁增辉喜烛明

两姓良缘天作合
三冬好景月初圆

凤管久谐箫史配
梅花已点寿阳妆

雪案联吟诗有味
冬窗伴读笔生香

钟情佳偶同心结
傲雪梅花着意开

摇落红梅毡铺地
飘来瑞雪花缀帏

梅花芳讯先春试
柳絮吟怀小雪初

金鸡昂首祝婚礼
喜鹊登梅报新春

月满一轮辉宇宙
梅香千里到门庭

小梅香里黄莺啭
玉树阴中紫凤来

评花赋就梅妆额
咏絮诗成雪满阶

锣鼓声声欢歌阵阵
梅花朵朵情意绵绵

贺正月新婚联

彩门开喜气
嘉礼趁新旦

春光春燕衔春泥
新象新婚树新风

乐新春丰年宴客
庆喜日盛世联姻

十全十美喜事
一月一日良辰

合欢共饮黄封酒
度岁新添翠袖人

巧借新春迎淑女
喜将元旦作婚期

狮舞闹春灯合对
兔轮绚彩影成双

秦晋联姻春意闹
凤凰比翼彩虹飞

天地增三分春色
人间添一对新人

春燕衔春春得意
新婚纳福福无疆

佳儿佳女成佳偶
春日春人舞春风

梅雅兰馨称上品
雪情月意缔良缘

黄香满院灯花映
紫气盈庭人月圆

红梅吐艳迎淑女
美酒飘香酬嘉宾

不夜珠明花灿烂
解寒钗暖雪消融

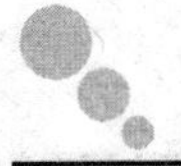

银烛光浮元夜月
紫箫吹彻玉堂春

春临大地迎新岁
春到人间贺佳期

春风已破深寒梦
良宵正醉恋中人

和声正听房中乐
佳偶应疑天上仙

才贴桃符梅正艳
又迎鸾凤喜添翎

良缘喜订鸳鸯谱
春色浓推劳动家

月圆花好欢今夕
道合志同贺盛年

人对艳妆饶艳福
樽倾春酒醉春光

风暖丹椒青鸾起舞
日融翠柏彩凤来翔

佳节良宵行佳礼
新年美景庆新婚

乐新春丰年宴客
欣喜日盛世联姻

吉语饼蕃祥征彩胜
韶华燕喜辉映春灯

淡白梨花堪人脸
娇红桃粉可凝腮

鸾凤和鸣昌百世
鸳鸯合好庆三春

贺二月新婚联

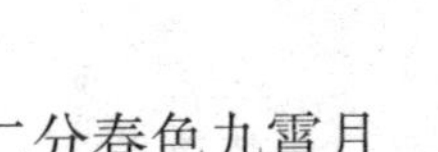

红杏枝头春意满
彩门楼下玉箫清

眉黛春生杨柳绿
玉楼人映杏花红

二分春色九霄月
一对新人百载情

两情鱼水春作伴
百年夫妻日常新

燕舞莺歌春得意
志同道合偶遂心

柳绿花明春正半
珠联璧合影成双

杏坛春暖花并蒂
兰闺日晴燕双飞

姻缘缔结三生约
丽月平分一半春

花朝春色光花烛
柳絮奇才画柳眉

正是莺歌燕舞日
恰逢花好月圆时

二月杏花并蒂艳
百年夫妇同心连

鸳鸯对舞花开日
鸾凤和鸣月圆时

贺三月新婚联

春暖花香鸟语
夫英妻俊家欢

钱掩映楼头月景
燕剪喜裁槛外风

一对璧人开吉席
二分春色到华堂

并翅金莺初织柳
双飞紫燕未衔泥

眉黛春生杨柳绿
玉楼人映杏花红

二分春色九霄月
一对新人百载情

三月桃花红锦绣
一双银烛照新人

苑内桃花开并蒂
檐前燕子竞双飞

燕把春泥筑宝垒
莺穿杨柳织翠丝

一代诗才称谢女
十分春色醉齐郎

柳暗花明春正半
珠联璧合影成双

柳絮新词传绣阁
杏花春色丽妆台

一门喜迎三春暖
百姓欣结百世缘

景值仲春联双美
婚成二姓结一心

姻缘缔结三生久
旖旎平分一半春

百辆喜乘芳草路
双琴欣鼓杏花开

鸟弄芳圃传韵巧
花明丽月映娇姿

贺四月新婚联

良辰占首夏
嘉礼协新风

青梅碧纱合欢酒
皓月红袖连理杯

美满姻缘天作合
清明时节日初长

月应瑞萱增一叶
丝添长缕结同心

吹箫引凤香梅朵
举案齐眉艳月华

宝镜台前人似玉
金莺枕侧语如花

麦浪直涌黄金屋
佳偶共度玉凤楼

美景良辰占吉庆
风光嘉礼演文明

池上绿荷入彩笔
天边弦月偃新眉

贺五月新婚联

榴花添爱意
仲夏暖衷情

酷暑正当三伏后
星期恰值一年中

五月石榴红似火
同心夫妇贵如金

榴天映碧水
蝶舞乘东风

暑日熔金金屋见
荷花吐玉玉人来

月满槐厅人意好
江深草阁客人单

绿竹恩爱意
榴花新人情

凤管声谐金缕曲
蝶衣粉上石榴裙

薄酒泠春迎淑女
榴花影日宴嘉宾

榴开临碧水
蝶舞趁和风

槐道阴凉巢翡翠
荷池水暖浴鸳鸯

才子凌云娘咏月
榴花映日剑摇风

抬头欣见金莺舞
侧耳喜听彩凤鸣

镜里彩鸾留倩影
钗豆文虎助新妆

榴花莲花，或红或白
雄酒沓酒，半醉半醒

榴花似火灼丽日
香蒲如云迎新人

荷花敷粉疑归脸
荔子拖前似入唇

蒲柳迎风，彩摇绢扇
榴花照日，红衬绯裙

曲沼莲花开并蒂
平园荔树发连枝

花开并蒂蝴蝶舞
连理同根杨柳青

贺六月新婚联

荷花并蒂
芍结双花

莲花开并蒂
兰带结同心

荷花香六月
佳偶乐百年

池塘荷花发
锦屋人月圆

午窗双喜贴
长夏并莲开

荷塘新蕊放
月色慧心圆

六月红莲双争艳
一堂好友共举杯

翡翠翼交连理树
藻芹香绕合欢杯

鲜花绣幕消暑气
皓月绮窗对金樽

柳叶眉添京兆笔
藉丝纱罩美人裳

新花瑞色浮妆阁
早稻薰风入洞房

扇舞厢房祛暑热
花开莲苑得天香

情重意浓双飞燕
花红叶绿并蒂莲

牡丹丛中蝶对舞
荷藕塘里鱼双游

玉树连枝百年启瑞
荷花并蒂五世征祥

调羹新遣细君肉
雪藕同调公子冰

碧沼荷垂开并蒂
绣帏凤侣结同心

并蒂花开莲房有子
同心缕结竹箨多孙

莲沼鸳鸯歌福绿
蓉屏孔雀绚文章

柳荫双栖莫忘晓
荷塘并蒂当知时

雪藕调冰两情蜜月
鼓琴被裕一曲薰风

梧桐枝上栖双凤
菡萏花间立并鸳

对对莲开映碧水
双双蝶舞乘东风

花烛光中莲开并蒂
笙簧声里带结同心

柳叶眉添金兆笔
藕丝纱罩美人裳

鸳鸯对舞荔结果
鸾凤和鸣藕开花

贺七月新婚联

牛女夜相会
朱陈酒合欢

天上双星会
人间两姓婚

云汉鹊桥牛女渡
秦台玉箫凤凰飞

二美百年好
双星七夕逢

欢声偕鱼水
喜气溢门庭

路入桃源花灿烂
桥横银汉水涟漪

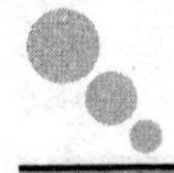

燕子漫疑钗作玉
牛郎应悟鹊为桥

云汉桥成牛女渡
春台箫引凤凰飞

两朵红莲开并蒂
一生忠贞结同心

同心永结幸福果
并蒂新开合欢花

玉镜人间传合璧
银河天上渡双星

银汉双星蓝田合璧
人间巧节天上佳期

贺八月新婚联

月掩芙蓉帐
香添锦绣帏

今夕月圆花正好
明朝道合志长同

月到中秋分外明
人逢喜事尤其乐

花容羞月色
秋夜作春宵

喜把桃夭歌八月
翼将桂酒醉千盅

玉种蓝田偕佳侣
香飘丹桂谱华章

中天一轮满
秋日两姓欢

瑶琴一曲双声奏
日殿三秋五桂香

紫箫吹月翔丹凤
翠袖临风舞彩鸾

妆阁试呈双凤舞
蟾宫先折一枝香

金风已渡黄金屋
玉露还滋白玉田

黄花艳吐东篱月
丹桂香飘北国诗

桂苑月明金作屋
蓝田日暖玉生香

十色缀地花香久
五光映天恩爱长

巧借花容添月色
欣逢秋夜作春宵

云楼欲上攀丹桂
月殿先登晤素娥

新涌思潮枚乘笔
初成密月吕生书

桂依蓝田生美玉
月照红叶咏新诗

吉日恰逢桂子熟
新婚喜共月儿圆

婚时月圆心更满
饮当桂馥兴尤浓

才子佳人词填月谱
人间天上曲奏霓裳

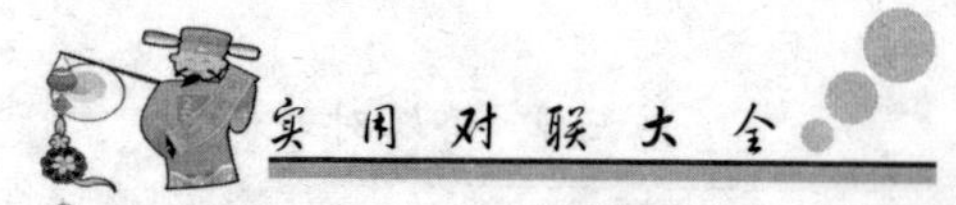

玉律鸣秋鹊桥路近
金风涤暑鱼水欢谐

志同道合金菊吐艳
花好月圆丹桂飘香

朗门光照人间佳侣
卿云瑞应天上吉星

丹桂香飘姻联两姓
蟾宫月满喜照人间

喜溢华堂琴瑟并奏
香飘桂苑人月双圆

贺九月新婚联

喜望金菊放
乐迎新人来

不劳鸿雁传情信
喜伴菊香入洞房

鸿足天边传尺素
雁弦堂上协商音

菊花艳放迎淑女
竹叶香浮宴贵宾

间届冬前迎淑女
时交秋未宴嘉宾

几朵秋花簪凤髻
一弯新月画娥眉

菊时把盏斟美酒
月令联姻庆齐眉

诗题红叶授衣月
酒酿黄花合卺时

不劳鸿雁传尺素
且喜秋声入洞房

扫洁庭院迎淑女
酿成菊酒宴佳宾

高会后重九九日
佳偶是无双双星

秋水银堂鸳鸯比翼
天风玉宇鸾凤和声

三三美酒庆联璧
双双玉燕喜齐飞

叶放满山题妙句
花香飘节衬新妆

鸾凤和鸣秋光满月
雁翔比翼壮志凌云

菊酒对饮欢两姓
月华结盟喜一心

笑把黄花轻插凤
闲拈黛笔淡描蛾

贺十月新婚联

国庆家婚庆
月圆人团圆

翡翠帘垂初月夜
鸳鸯被卷小阳春

十里凯歌传吉庆
一堂鸿喜染祥祺

小春迎雅客
阳月惠佳人

翡翠帘垂初夜月
鞭蓉镜卜小阳春

两姓良缘天作合
三冬好景月初圆

十分美好日
一往深情时

阳月欢歌箫引凤
回廊对舞蝶恋花

五星旗展映红日
双鹊声高染庆云

向阳花并蒂
幸福结同心

画蛾自见银钩灿
簪凤犹闻玉骨香

风和日丽金十月
夫唱妇随乐百年

此日花开梅并蒂
今宵人庆月双圆

池生秋月竹叶秀
帘映英姿笑声喧

十里笙箫迎淑女
一番锣鼓贺新郎

同心盟证三生石
连理树开十月花

彩日流辉迎凤辇
祥云呈瑞添鸾妆

几度新诗题红叶
十分恩爱到白头

秋红双喜十月夜
华月共丽佳人妆

座有清风添酒兴
门迎皓月映梅妆

点额新妆香飘梅岭
同心佳偶喜溢兰闺

梅花芳讯先春试
柏叶吟怀小雪初

百族万方歌国庆
一门二秀唱家祥

翡翠帘前数声鹦鹉
芙蓉池畔一对鸳鸯

贺十一月新婚联

雪案初吟才女絮
玉盆新供水仙花

雪雁双飞严霜退
红梅并放坚冰融

偕年佳遇同习结
凌雪梅花并蒂开

雪中句丽征才女
林下风清识大家

画眉笔带凌云气
种玉人怀咏雪才

健步家庭夫妻好合
雪花六出梅蕊飘香

贺十二月新婚联

菊垂金作屋
梅点玉为容

吉日红花梅并开
良宵家庆月双圆

合欢共醉黄封酒
度岁新添翠袖人

交柯松树傲腊霜
并蒂梅花报新春

良缘一世花开艳
美景三冬月更圆

腊梅怒放联佳偶
瑞雪纷飞庆良辰

腊月梅花勿让雪
新春玉步待迎人

载雪梅香飘绣阁
临风腊鼓入兰闺

婚宴留客情弥重
腊鼓催春酒始酣

红灯高照鸳鸯舞
鸾凤和鸣岭上梅

节到满年人满意
阳开生泰旦生元

并蒂红梅相映美
双飞紫燕试比高

腊粥试调新妇手
春醅初熟阖家欢

今宵年满心尤满
明日人新岁亦新

腊梅怒放新婚好
月色欣逢美酒香

阖家欢庆腊月禧
并蒂盛开一枝梅

合欢共醉围炉酒
度岁新添结发人

霜妆竹叶藏青缕
雪压梅花点黛眉

雪案初吟才女絮
玉盆新种水仙花

葭琯双声和雅韵
雪梅一色衬新妆

咏雪才高欣谐绣口
凌云华妙雅擅画眉

凤管吹成三弄曲
熊占吉协一阳生

箑近新年丝牵翠幕
缔成佳偶玉种蓝田

金屋才高诗吟白雪
玉台春早妆点红梅

贺学界新婚联

学诗初育关雎什
习礼先行奠雁仪

晨起临窗挥彩管
夜深归院撒金莲

彩笔生花书成锦字
新诗撷艳体合香奁

盟书早订三生石
彩笔新开五色花

联吟诗句凭书案
剪得秋光入画屏

雪裹梅花，与子同梦
风前柳絮，助君清吟

黄金晷刻春无价
红袖香添夜读书

贺教育界新婚联

文明协嘉礼
家室敦好逑

千尺丝罗欣有托
百年琴瑟喜和谐

学海并游互鼓劲
征途同频齐攀登

共创千秋业
同做四有人

灯下畅谈夫妻爱
书房尽醉桃李春

品正人端自引凤
曲新意美好招凰

佳偶百年好合
知音千里相逢

爱情如几何曲线
幸福似小数循环

六月红莲开并蒂
一乡师友结同心

亚非欧美风云尽收眼底
中外古今大事罗列心头

世事再纷繁减加乘除算尽
乾坤虽广大点线面体包完

贺科技界新婚联

志于云上得
人似月中来

虎子自愿生一个
香花何须发多枝

天台路近逢仙子
科海波平渡鹊桥

并肩奋进长征路
携手攀登科技峰

灯下畅谈情侣爱
书房尽醉桃李香

蓝天高正看鸳鸯比美
校园阔欣期龙凤呈祥

携手同浇理想树
并肩共赏科学花

胸有赤情腾骏马
心装厚爱结姻缘

日月合璧映出光明世界
伴侣同心迎来美好家庭

唯有爱情不可少
向来子女无须多

书海相游互勉励
征途同步共攀登

贺文艺界新婚联

诗题红叶
彩耀青鸾

得意唱随山水外
钟情拓入画图中

丰收诗画铺大地
新婚歌舞庆良辰

绝艺调琴瑟
盛名引凤凰

诗歌南国好逑句
书赋东莱博议篇

五花笔写鸳鸯谱
九子墨描富贵图

夫妇小天地
人文大舞台

女慧男才原有对
你恩我爱总相联

凤管久谐箫史配
梅花已点寿阳妆

改革诗文描大地
新婚歌舞庆良辰

也爱风流高格调
敢随时尚巧梳妆

松竹梅兰同相爱
诗书琴画共抒情

英男慧女结佳偶
玉管金弦赞独生

千载难逢心知己
一曲怎表爱慕情

鸳鸯帐浸丹青色
琥珀杯透翰墨香

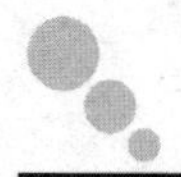

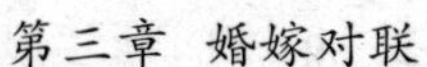

碧纱待月春调瑟
红袖添香夜读书

松竹梅兰颜色好
琴书诗画笔花鲜

笔墨纸砚撰绘神州美景
画书琴棋陶冶伉俪情操

贺体育界新婚联

体坛同夺标
婚礼共举杯

宜室宜家新伴侣
能文能武好英才

体坛同获锦
婚礼共开樽

有情眷属占凤协祥
尚武精神闻鸡起舞

驶向光辉彼岸
张开理想风帆

武术有源千流一脉
婚姻守信百年同春

午夜鸡鸣欣起舞
百年虎啸勇攀登

一双爱侣乐为祖国添光彩
两颗红心争替体坛夺锦标

今夕交杯传蜜意
来朝跃马赛风流

运动场并肩竞赛两遂志愿
家庭里携手同行一往深情

长征路上双红侣
四化途中两冠军

贺医务界新婚联

桔井龙吟月
杏林凤鸣春

愿期天下人长健
何吝洞房夜永甜

妙手回春添喜气
同心钟爱结良缘

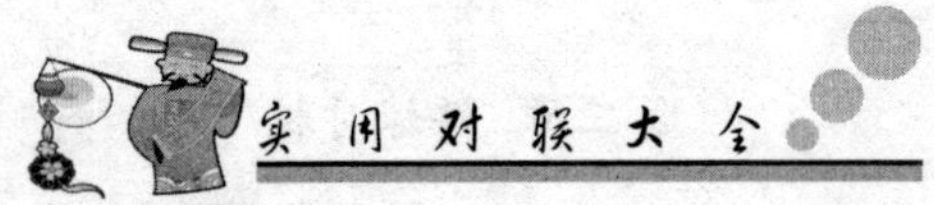

杏林春暖花并蒂
兰闺日晴燕双飞

春暖杏林花并蒂
日照兰阁燕双飞

乐为病人尝百草
喜与情侣话三更

妙手回春传趣话
青梅竹马结良缘

今夕交杯传蜜意
来朝出诊送温馨

国治家齐和衷共济
杏林花好之子于归

今日结成桔井伴
明朝共赏杏林花

婚尚文明喜溢华堂双璧合
术称精湛乐施桔井万家春

贺政界新婚联

志同兼道合
花好又月圆

且欣绣幕联双璧
但愿春风溥万家

堂上鸣琴留政绩
房中鼓瑟缔良缘

建文明世界
过幸福生活

箫引凤凰听雅乐
鼓催政绩谱新声

黍谷春回谐凤律
兰台风静奏鸾箫

创业成知己
属职结良缘

两袖清风办喜事
一身正气宴宾朋

曲奏南薰迎淑女
筵开东阁会群僚

箫歌竞奏霓裳曲
淑女相偕掌权人

以国为怀喜连理
成家立业永同心

箫引凤凰吹月夜
门开驷马挹秋光

曲奏改革迎淑女
花临开放会宾朋

风流京兆画眉笔
潇洒河阳插鬓花

官梅吐艳开东阁
谢絮联吟掩北窗

并肩共挑革命担
携手同唱振兴诗

国有贤才扶世运
光摇烛影看新人

彩佩禾章宝光耀目
庭悬花彩喜气腾辉

堂上鸣琴留政绩
房中鼓瑟缔良缘

歌声堪引奋蹄马
笑语喜夸孺子牛

美女才子天成佳偶
洞房花烛月庆团圆

千秋大业挥双手
四有新人结一心

改革途中喜成连理
腾飞路上永结同心

志同道合革命伴侣
情深谊重恩爱夫妻

立志同挑革命担
同心共写振兴诗

贺农界新婚联

良缘喜结同心谱
春光永驻五好家

手开翠岭双锄落
眉剪青山比翼飞

相爱喜逢同读伴
结缘恰是共耕人

美满婚姻花常盛
勤劳门第春永浓

四境谐良风俗美
百年庆佳偶天成

美满夫妻事业盛
优生计划阖家欢

勤劳致富宜同勉
和顺理家贵相帮

琴瑟永调月圆花好
家风不改女织男耕

佳偶同偕百年老
好花共育一枝红

自主婚姻夫欢妻乐
优生计划家富国强

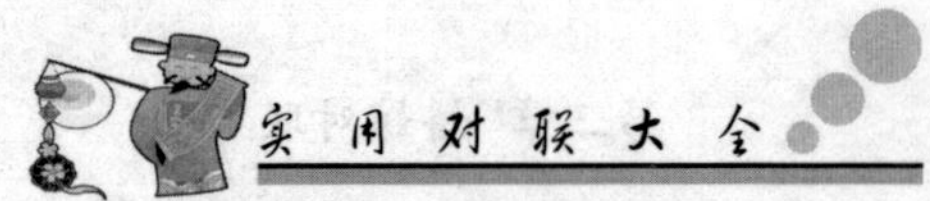

宜室宜家勤劳为本
互帮互学致富争先

小两口描图绘景心相印
好夫妻春播秋收汗共流

联亲戚何必门当户对
结良缘只求道合心同

两口子一条心和和气气
一孔窑两个铺简简单单

喜今日备农能手结情侣
看来年致富金花焕彩霞

贺工商界新婚联

门书喜字财源远
家到新人幸福长

经营春夏秋冬货
喜惠东南西北人

经营有道金为信
恋爱无瑕贵守诚

璋瓦伫看新制造
羹汤初试好调停

合作制成新作品
勤工斯见好功夫

商界有名精货殖
姻缘守义尚新风

贺商界新婚联

事业成功商界内
爱情美满家庭中

商店承欢联二美
洞房充喜耀三星

起家勤俭添中馈
宜室贤能配合欢

经营有助添中馈
缔结良缘裕后昆

生财预卜前程远
握算还须内助贤

梅花应笑异姓侣
瑞木新成同心缘

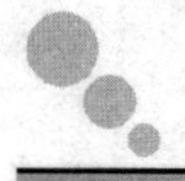

风送鸾箫声入市
云连凤辇喜临门

梅花应作神仙侣
端木新成货殖书

八户春风香增天市
盈门喜气芳溢华堂

喜气萦回双美合
爱情贞洁百年长

井廛今喜添春色
家室相宜耀德辉

相爱相亲同奔经商路
互帮互学齐开致富门

吴门小隐神仙尉
孟案相庄伉俪贤

自爱自尊夫妇好
优生优育子孙贤

贺军界新婚联

兵和花比美
人伴月同圆

钢铁长城千里固
丝罗佳偶百年春

睹面霞光胜宝盖
画眉春色上征衫

洞房燃花烛
模范配英雄

军号声和房中乐
情歌薰调帐外风

两颗红心相映美
一对情侣笑联姻

革命并肩携手
军营易俗移风

军民同谱凯旋曲
夫妇共浇恩爱花

幄房曲奏军中乐
甲帐盟成石上缘

订百年凤鸾伴侣
偕一路戎马生涯

梦虎联姻曾射虎
屠龙有技好乘龙

虎幄运筹添内助
鸡声戒旦赖夫人

成婚不忘疆场志
守土常思祖国春

荣耀门庭添凤彩
英雄战士喜鸾鸣

日暖柳营春试射
风和兰阁夜开樽

十五月亮连理树
万千灯火合欢花

战地月圆飞比翼
异乡花好结同心

莲花帐下成嘉礼
杨柳营中咏好逑

夜归锦帐调琴瑟
喜值天河洗甲兵

鸿案相庄鸡鸣戒旦
凤占叶吉虎帐生春

咏絮挥毫怜谢女
评花顾曲有周郎

试马军营天长地远
栖鸾锦帐花好月圆

营内欢植同心树
军中喜放并蒂花

今朝洞房共照边塞一轮月
他日岗哨常怀家乡并蒂人

红花并头向阳开放
银燕比翼凌空飞翔

军民携手，共创四化大业
夫妻同心，齐缔百年良缘

贺企业界新婚联

一双劳动模范
两个多情夫妻

良冶良弓箕裘克绍
宜家宜室琴瑟新调

文明模范人不老
建设标兵爱常存

以优异成绩双登红榜
以宏伟目标共献赤心

爱情因勤劳添锦
青春靠知识闪光

事业兴隆甘流千滴汗水
爱情甜蜜奉献一片丹心

纯贞情爱千梭织
美满姻缘一线牵

一家有喜喜讯飞传矿井
大地皆春春风拂荡煤城

两朵红花争艳丽
一双巧手比高低

事事须计划生育不能例外
人人讲文明欢娱自在其中

贺旅行新婚联

异乡寻蜜月
盛世结良缘

老柏苍苍幸福树
明霞片片爱情花

青山有意贺新禧
绿水多情唱赞歌

乡关阻隔云千里
客舍团圆月一轮

新婚洞房联

百年伴侣
千秋良缘

琼楼新春属
洞府美鸳鸯

清风入蜜月
喜气来洞房

道合志同
花好月圆

屏中金孔雀
枕上玉鸳鸯

良宵良辰良景
佳男佳女佳缘

鸳鸯福禄
鸾凤吉祥

情山栖鸾凤
爱水浴鸳鸯

玉楼光辉花并蒂
金屋春暖月初圆

柔情似水
佳期如梦

玉室新人笑
洞房喜气浓

良缘一世同地久
佳偶百年共天长

赏心悦事
美景良辰

金风过清夜
明月悬洞房

花烛银灯鸾对舞
春归画栋燕双飞

月明金屋
喜上玉屏

志于云上得
人似月中来

金屋交杯浮蜜酒
玉堂燃烛灿琼花

鸟语纱窗晓
莺啼绣阁春

于飞调凤卜
维梦叶熊占

花从春来香能久
爱到深处情自投

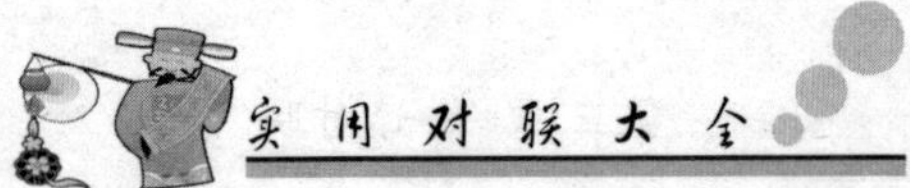

相亲相爱好伴侣
同德同心美姻缘

琴瑟谐声完凤卜
云天比翼励鹏程

红烛夜深观博议
绿窗风静咏周南

一树好花开并蒂
两名新秀结同心

伴侣百年无二意
青春一刻值千金

一园桃花红锦绣
万盏银烛引玉人

爱浸心灵高格调
情垂眉宇不俗容

文鸾对舞合欢树
俊鸟双栖连理枝

玉树风前夸并蒂
绣帏月下看双飞

堂上银屏方报喜
案前金桔又呈祥

忆当初志同道合
喜今日花好月圆

洞房两朵光荣花
灯下一对幸福人

歌韵谱成同梦语
烛花笑对含羞人

窗前共议千秋业
灯下同描四化春

碧海云生龙对舞
丹山日出凤双飞

洞房春暖花并蒂
鱼水情深月常圆

意似鸳鸯飞比翼
情如鸾凤宿同林

金屋佳偶手携手
锦帐良宵心连心

洞内琵琶弹雅韵
房中琴瑟奏阳春

喜鹊喜期报喜讯
新燕新春闹新房

别有洞天花正好
更信环宇月长圆

艳阳灿照芙蓉洞
瑞气祥凝鸾凤房

结一对同心伴侣
创百年幸福生活

自去自来堂上燕
相亲相爱水中鸳

笑启彩帏开翡翠
喜铺绣被复鸳鸯

笙韵谱成同梦语
烛花笑对含羞人

金屋交杯浮秃酒
玉堂燃烛灿琼花

宝镜台前人似玉
金莺枕侧语如花

七宝妆成箫弄月
三都赋就笔凌云

伉俪好合般般好
家庭新建样样新

情深互助互勉励
爱在相亲相敬间

夫妻情似青山不老
伉俪意如碧水流长

家庭和睦红花并蒂
琴瑟相谐金屋生辉

珠联璧合洞房春暖
花好月圆鱼水情深

雪地冰天洞房春暖
月圆花好鱼水情深

花灯飞异彩洞房添彩
明月洒清辉华室生辉

尔我同心生产报国
夫妻合意劳动发家

春风祥梅染柳绣大地
情侣蜜意柔灯悬洞房

新郎新娘心心相印
似龙似凤事事呈祥

爱自情钟从古良缘须己缔
境由心造如今佳偶胜天成

新婚大门联

创幸福生活
缔美好姻缘

扫净庭阶迎客驾
何须笙管接鸾舆

人共月圆天作合
志同家富土生金

大驾光临门第耀
良辰喜聚主宾欢

成家不比成童日
立室应知立志时

画堂春暖宫花艳
绣阁宵清凤管调

净扫庭阶迎客驾
乐弹琴瑟接鸾舆

男好女好百年好
天和地和万载和

双飞却似关雎鸟
并蒂常开连理枝

鸣炮奏乐求引凤
张灯结彩喜成龙

门书喜字乾坤乐
户进新人岁月甜

云抱玉林芝草出
香飘金屋篆烟清

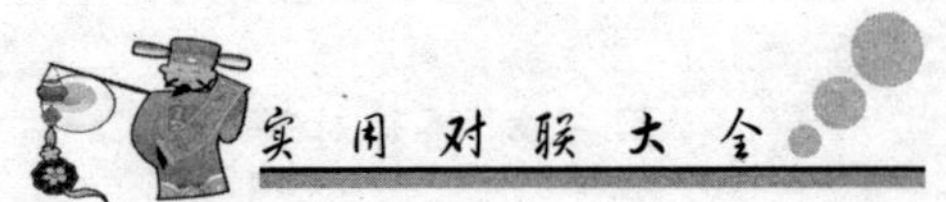

春风阶下催兰桂
旭日云中照凤楼

喜看德门招鸾凤
笑迎嘉户驻鸳鸯

院内梅花迎岁绽
门前萱草贺春荣

茅庐又喜来珠履
伴侣从今到白头

春风堂上初来燕
细雨庭前新种花

开门迎凤凤彩耀眼
启户见喜喜气满堂

开门欣看香车到
启户喜闻红烛香

喜期喜事喜中有喜
新岁新人新上加新

门迎佳偶家声振
户燃红烛洪福多

相亲相爱家和人安吉星照
同心同德丰衣足食福气来

吉日初晴门迎喜
佳期已到户纳祥

新婚重门联

难有茅台酬上客
喜烧花烛映重门

绿蚁浮杯邀客醉
蓝田得玉喜婚成

喜溢重门迎凤侣
光增陋室迓宾车

喜至邀宾多车马
深愧设席少肉鱼

吾欢子喜重重喜
友喜戚欢个个欢

燕过重门留好语
莺迁乔木报佳章

新婚内门联

喜联双喜联联喜
双对喜双对对双

秦台有凤凭吹引
暖寝留熊待梦征

今朝淑女台前笑
来岁新生床上啼

筑巢紫燕春歌早
交颈鸳鸯柔情浓

闲人免进贤人进
盗者莫来道者来

院宅祥云参化育
室中喜气乐阳春

新婚后门联

竹风留客饮
松月对宾欢

日照门前添喜气
花开院后吐芳馨

门前大道飞龙马
屋后崇山翥凤凰

前堂鸿禧笼华筵
后院福绥掩翠园

美德光前而裕后
韶琴颂古又歌今

新婚厅堂联

合欢词吟谢嘉客
连理花开映锦堂

座上飘香飘上座
堂中溢喜溢中堂

喜缔良缘堂添异彩
乐迎佳偶厅满祥光

结彩张灯华厅艳
鸣鸾和凤玉堂春

千声唢呐迎宾至
三盏祥醇把客酬

新侣至矣嘉客乐矣
钟鼓乐之琴瑟友之

举杯未饮情先醉
奋笔疾书语更新

客自八方祝大礼
酒酌三盏贺新婚

薄酒酬宾图图热闹
烟糖敬友表表衷情

新婚客厅联

美酒迎嘉宾
笙歌贺新婚

文明求平等
新婚尚自由

婚姻自由八方赞
喜事新办四邻欢

燕尔新婚日
良宵美景时

酌酒迎宾客
题诗颂佳期

文明诗友厅间客
远戚近邻座上宾

贺婚斟美酒
迎客敬香茶

婚姻自由家幸福
礼行平等世文明

贵客频来祝大禧
礼房笑语贺佳人

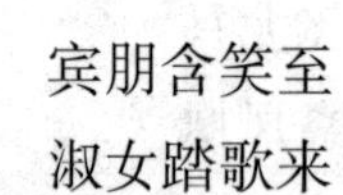

宾朋含笑至
淑女踏歌来

宾客光临喜贺喜
门庭彩结新迎新

美酒盈杯嘉宾满座
新人露面喜气临门

贵宾来四面
良缘喜百年

座上漫淡同志爱
堂前喜庆自由婚

新人喜气艳阳高照
贵客频至满院出新

喜高朋满座
迎玉女临门

情歌唱乐镜中月
喜酒催开庭上花

新婚客房联

花好月圆迎淑女
良辰美酒宴嘉宾

几杯淡酒难云宴
一意留宾莫说归

喜酒喜糖办喜事
吉时吉日皆吉祥

堂前奏笛迎宾客
户外吹笙引凤凰

宾主联欢同畅叙
酒肴简设漫称觞

情孚意合良朋聚
语重心长雅客谈

座上漫谈同志爱
堂前合庆自由婚

DI SI ZHANG SHENG YU DUI LIAN

第四章　生育对联

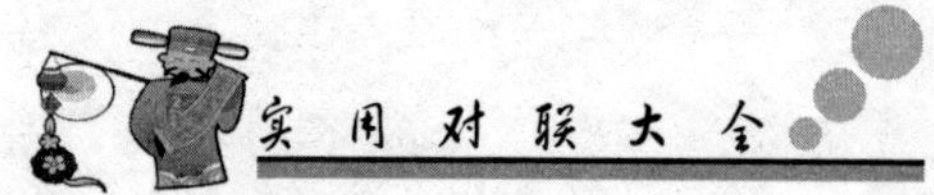

贺生育通用联

天上长庚降
人间英物啼

宁馨生应文明运
大器培成干济才

兰质蕙心延美誉
椒花柳絮自奇才

瑞云千里应
玉树几枝新

书林旧聚珠千匣
丹穴新看凤一毛

月窟早培丹桂子
云阶新毓玉兰荪

舞鹤衔芝至
祥麟吐玉来

恰逢开士摩麟顶
共向超宗识凤毛

君福应过范乔祖
家庆何让子仪孙

华门踵四美
甲第得千金

海上蟠桃多结子
月中仙桂喜长枝

欣看乔木多余荫
喜看兰荪又茁芽

凤毛夸济美
燕翼善诒谋

风暖兰阶花吐秀
春催竹院笋抽芽

玉种蓝田收二璧
树栽丹桂发双葩

异常飘九陌
余庆衍双珠

川媚山辉蓝玉朗
秋高月满蚌珠生

五福堂前生贵子
四邻睦里贺良辰

奇表称犀角
清声试凤雏

炉前笑看獐书帖
梅下欣听鹤和声

去岁连理成佳偶
今朝新妇做阿妈

来仪征凤卜
衍庆协熊占

春来绿竹抱新笋
福至红楼袖玉珠

一子有为成大业
阖家着意育新苗

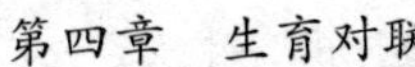

宁馨儿降飞花日
敦厚家嗣济世才

欢声阵阵家添喜
娇女吟吟笑似花

斯对已见吞牛品
他日犹看吐凤才

庭前兰吐芳春玉
掌上珠生子夜光

桂子呈祥多厚福
兰孙毓秀兆嘉征

室中已见祥云绕
梦里独闻王者香

婴儿笑靥如花美
道喜欢声入户高

一门五福芝兰茂
三代同堂日月长

美济凤毛，门多令子
谋诒燕翼，孙又添丁

绕庭已见临风玉
照室还看掌上珠

万事已知今日足
五湖还待后来游

赤水已奇，两株特出
丹山偏瑞，双凤来仪

而今华夏添巾帼
自古英雄有木兰

宁馨生应文明运
大器育成栋梁材

庆周岁联

弄璋欣有喜
产凤庆生辉

凤毛夸济美
燕翼善贻谋

双喜降临幸地
千金福耀华门

绿竹生新笋
红梅发嫩枝

一门绕五福
四代庆同堂

周岁新添阖院乐
娇声又引睦邻来

玉槐征国瑞
窦桂兆家祥

喜结心中伴
欣生掌上珠

啼声报喜生英物
春色入门贺栋材

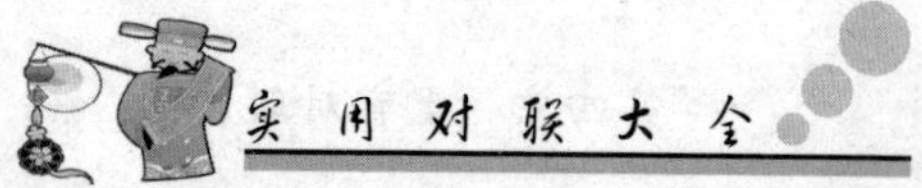

春暖花开偕彩凤
冬寒雪飘获石麟

绕庭已喜临风玉
照室还欣入掌珠

裙钗出塞能安国
巾帼从军不逊男

石麟果是真麟趾
雏凤清于老凤声

玉种蓝田微合壁
树栽碧海喜交柯

彩帨高悬添喜气
晬盘新设识芳姿

有道明时兰为贵
天涯福气竹生孙

桂子呈祥多厚福
兰孙毓秀兆嘉征

瓜瓞欣看绵世泽
梧桐喜报长孙枝

啼声无语时牵众
娇面如花总快心

新家百日添英物
福院三更哄俊娃

时抚乳燕欣莹目
又看荀瓜卧绿茵

即日初庚已有数
自此记岁不从零

新开周岁蹒跚步
初启此生浩荡云

迎春一帧周岁照
同欢三代全家福

万里鹏程先初步
一生大业待开局

玉种蓝田征合璧
树载松柏喜双生

秋月晚成丹桂实
春风喜放紫兰花

松生仙地拔灵秀
子育莲池结玉耦

瓜瓞远绵征夏日
芝兰新茁似春初

川媚山辉蓝玉朗
天高月满蚌珠肥

珍珠入掌门楣喜
兰惠吐芳庭院新

如此掌珠得未曾有
谁谓弄瓦聊胜于无

贺生子联

风和桃结子
日暖凤生雏

一子精心承大业
万家着力启宏图

川媚山辉蓝玉朗
秋高月满蚌珠生

玉槐征国瑞
金桂兆家祥

净地月明生秀草
芳阶风暖长兰芽

泉流东海千层浪
日照南山万树云

舞鹤衔芝至
祥麟吐玉来

荷泽欣生临风玉
草庭争看入掌珠

贺生女联

喜结心中伴
欣生掌上珠

春来绿竹抱新笋
福至红楼袖玉珠

慰情已喜颜如玉
溺爱更珍掌上珠

华门踵四美
甲第得千金

皆知有后传家业
更晓非儿胜生男

更知半子胜生男
中朗有女传家声

贺生孙联

桂子呈祥征厚福
兰荪毓秀兆嘉祥

喜见红梅新结子
笑看绿竹又生孙

月窟秋高生桂子
云台瑞应降龙孙

有道明时兰至贵
无涯福气竹生孙

贺生曾孙联

一门绕五福
四代庆同堂

分杯汤饼倍重庆
拄杖桑榆乐再孙

华构象贤一门赐福
云仍继起四代同堂

贺生双胞胎联

双喜临门第
孪生降世间

德门喜气添双子
英物啼声惊四邻

玉种蓝田收二璧
树栽丹桂发双葩

方记珊瑚成连理
乐闻家室结珍珠

DI WU ZHANG SHOU DAN DUI LIAN

第五章 寿诞对联

福禄三星

男女通用寿联

天地同寿
日月齐光

斧藻其德
竹柏之怀

人间二老
天上双星

蝉鸣高柳
鹤栖长松

岗陵并祝
日月双辉

人增高寿
地转阳和

呈辉南极
霞焕椿庭

立功立德
寿国寿民

人臻高寿
世见清风

大德必寿
美意延年

名高北斗
寿比南山

如松如鹤
多寿多福

德勤益寿
心广延年

名高北斗
寿以人尊

寿逢盛世
乐享天伦

地生劲松
天赐华龄

鹏程万里
鹤寿千秋

寿如春永
家共时新

夫妻偕老
庚婺双辉

凭才纳福
以德延年

双星天象
全福人家

福禄欢喜
长生无极

乾坤并寿
日月双辉

松风鹤语
福海寿山

福如东海
寿比南山

青春不老
岁月常新

松添寿色
桂有高风

福同海阔
寿与天齐

人歌上寿
天与遐龄

松姿柏节
鹤发童颜

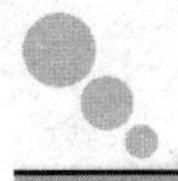

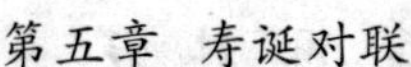

童颜永驻
鹤发常新

合欢花常艳
伉俪寿无疆

人品如金玉
寿龄比柏松

仙鹤升平
兰竹长青

恒春连理树
益寿并蒂花

三多人长乐
九如寿期颐

云山风度
松柏精神

交柯树并茂
合卺筵同开

三樽酒献寿
五岳松延年

芝荣五色
图献九如

金樽邀月饮
鹤寿拱星来

寿比长江水
福如大河源

白鹤翔万里
红桃寿千秋

灵芝望三秀
玉树起千寻

寿辰逢盛世
佳日浴春风

斑衣人绕膝
白首案齐眉

梅老花愈密
竹高笋更青

寿添沧海日
松祝小春天

北斗临台座
南山献寿诗

平安添百福
长寿价千金

寿同山峦永
福共海天长

长青松有色
高寿域无疆

青松多寿色
丹桂有业香

树老有余韵
年高多雅情

澄潭一轮月
老鹤万里心

清言多妙理
令德有遐芳

四时调玉烛
千算晋瑶觞

春风挥翰墨
侍气接蓬莱

人老心不老
年高志愈高

松柏老而健
芝兰清且香

德高无量寿
人洁有清名

人老一身劲
花明满眼春

松柏千年寿
家庭百世荣

松高显劲节
梅老正精神

松高枝叶茂
鹤老羽毛丰

松鹤千年寿
子孙万代长

松龄长岁月
鹤语记春秋

松山春永驻
玉海福常存

松心应耐雪
鹏力会冲天

岁老根弥壮
阳骄叶更荫

晚享清平福
岁看不老松

心宽能增寿
德高可延年

玄鹤千年寿
芝树万古春

雅室人不老
高山柏长青

懿德如北斗
仁寿比南山

愿持山作寿
应共酒为年

愿诵南山寿
熙如北海春

云霞成异色
松柏有奇姿

沧海一轮月
骅骝万里心

大德得无量寿
此公有当世名

乃文乃武乃寿
如竹如梅如松

紫气辉连南极
丹心彩映北楼

八旬康强春不老
四时健旺福无穷

八月秋高仰仙桂
六旬人健比乔松

白雪欢歌翻寿曲
淡云坚石傲松年

百岁有期无量福
二人同享太平年

柏节松心宜晚岁
童颜鹤发胜当年

斑鸠做伴衰龄健
白首相庄乐事多

北海开樽迎挚友
南山作颂祝遐龄

并蒂花开瑶岛树
合欢酒进碧筒杯

苍松翠柏南山寿
白雪阳春北海材

长春门前松柏秀
永乐堂上福寿高

春放百花晴献寿
云呈五彩晓开樽

春光满地人增寿
喜气盈门国肇昌

春日融和欣祝寿
吉星光耀喜迎春

椿萱并茂阶前郁
兰桂齐芳堂上春

达人知命馨明德
夫子安贫享永年

家中早酿千年酒
盛世长歌百岁人

人为泰山北斗星
是日也天朗气清

丹室晓传青鸟宇
瑶池时进白云霞

老骥识途明向背
人生寡欲是康宁

千岁蟠桃开寿域
九重春色映霞觞

东海添筹增鹤算
南山献寿享遐龄

历尽艰辛人未老
恰逢盛世岁长新

勤俭持家有内助
康强到老得余闲

佛说无边寿者相
易称有庆善人家

岭上梅花报春信
庭前椿树护芳龄

青山不老人长寿
华夏常春花永红

福海朗照千秋月
寿域光涵万里天

龙门泉石香山月
蓬岛烟霞阆苑春

青山有雪存松性
碧落无云称鹤心

福禄寿三星共照
天地人六合同春

麻姑酒满杯中绿
王母桃分天上红

青霜不老千年鹤
锦鲤高腾太液池

福如东海长流水
寿比南山不老松

莫道夕阳光太少
无穷余热力还多

琼林歌舞群仙会
海屋衣冠百寿图

歌唱南山松作韵
诗吟寿旦笔生花

南极星辉牛女渡
北堂萱映凤凰枝

人近百年犹赤子
天留二老看玄孙

汉宫夜结双茎露
瑶圃春生五色云

蟠桃捧月千秋寿
玉树参天万年青

人上征途心不老
志朝峰顶景长春

红梅绿竹称佳友
翠柏苍松耐岁寒

蟠桃已结瑶池露
玉树交联阆苑香

人寿年丰彼此重
龟鹤遐龄一幅同

佳作莫谈随老去
彩笔偏映夕阳红

品如玉藕情操美
德似骄杨风格高

日月光华常复旦
神仙眷属总长生

三春日暖人心暖
万事心宽寿域宽

山清水秀春常在
人寿年丰福无边

少也清门为伉俪
老而高寿颂平康

寿宴隆开须纵酒
高朋共贺岂无诗

寿祝南山且举案
樽开北海庆齐眉

双栖珠树千年鹤
三秀琼田五色枝

松木有枝皆百岁
蟠桃无实不千年

堂前燕舞迎春舞
院内莺歌祝寿歌

堂宴双眉看白发
兰生四叶映朱颜

体健心宽晚景好
书声墨韵老来红

天护慈萱荣不老
云垂玉树岁长春

天上人间齐焕彩
椿庭萱舍共称觞

天增岁月人增寿
春满乾坤福满门

天竹腊梅映成色
寿山福海祝无疆

庭前多种忘忧草
头上新簪益寿花

同林娱老儿孙好
松菊堂中人比年

万户春风为子寿
半窗松雪谓天伦

唯盛世才能长寿
是贤良始可兴家

无情岁月催人老
有限时光惜晚晴

仙居十二楼之上
大寿八千岁为春

贤比北州陶大母
寿同南岳魏夫人

行可楷模年誉德
老于松柏岁长青

延龄人种神仙草
纪算竹开甲子花

瑶台牒注长生字
蓬岛春开富贵花

益寿延年歌鹤算
高龄遐日祝松[illegible]

银花火树庆佳节
玉液琼酥作寿杯

栽竹尽成双凤尾
种松皆作老龙鳞

曾事农桑强体魄
今甘淡泊养天年

占得梁园为赋客
修成商岭采芝仙

芝兰玉树竞娟秀
青鸟蟠桃共岁华

至乐桃林沾化雨
全真鸣发煦东风

周天行健人常健
九日登高寿更高

自昔唱随勤不倦
而今老健福能齐

通用男寿联

如松益寿
似鹤延年

寿考征宏福
文明享大年

海屋仙筹添鹤算
华堂春酒宴蟠桃

颐和养寿
淡泊延年

大椿常不老
丛桂最宜秋

四百岂惟知甲子
八千应复数春秋

德为世重
寿以人尊

松龄长岁月
鹤语寄春秋

万壑松风增寿色
四时花色壮逸情

福禄欢喜
长生无极

寿考征宏福
文明享大年

南极星辉南岳宴
九龄人晋九如歌

寿域海般阔
福台天样高

愿言安且吉
还祝寿而康

蟠桃捧日千秋寿
古柏参天万年青

松龄长岁月
鹤语寄春秋

福日照花砌
寿星映草堂

行可楷模年称德
老姬松柏岁长春

愿献南山寿
先开北海樽

北海霞姿秀
西方玉树森

松风高驻千年鹤
玉露长滋五色兰

仁者无量寿
此翁更精神

仙芝开七叶
芳树荫千株

紫气东来膺五福
星辉南辉灿三台

筹添沧海日
嵩祝老人星

岁岁寿筵依北斗
年年此日颂南山

少坚不负青云志
老壮何甘白首心

鹤算千年寿
松龄万古春

饶他白发头中满
且喜青云足下生

常思进取忘年老
何敢蹉跎度岁迟

喜逢盛世频增寿
乐遇晚年再建功

寿同松柏千年碧
品似芝兰一味清

既效黄忠不服老
更同孟德有雄心

琼林歌舞群仙会
海屋衣冠百寿图

几行绿树来佳气
一抹青山似寿眉

古柏根深枝更茂
青松岁久叶尤妍

品同原野晶莹雪
人似高山屹立松

无边乐事斯翁健
满目青山夕照明

高龄乐享康宁福
斯老长为矍铄翁

一生立德齐今古
满架藏书惠子孙

花开红杏添春色
酒颂南山祝寿翁

少坚不负青云志
老壮宁知白首心

天上星辰来做伴
人间松柏不知年

玉露满盘和寿酒
云璈几曲佐霞觞

青春四海抒豪气
白首九州写壮怀

愿为老骥常嘶枥
化作春泥更护花

酒进壶天增景福
筹添海屋衍昌期

数枝天上延龄草
一派人间种寿泉

葡萄十斛浮清醴
海屋群仙绕醉吟

南州冠冕此其选
上古春秋可与俦

开襟纳江湖风月
携杖莳门户芝兰

龙门泉石仙家户
蓬岛烟霞阆苑春

子敬孙贤福如东海
体强身健寿比南山

体健身强宏开寿域
孙贤子肖欢度晚年

白发朱颜宜登上寿
丰衣足食乐共晚年

北海开樽，西园晋酒
南山献寿，东阁延宾

天与长春，神芝五色
人传硕德，宝树三株

紫芝秀绕芙蓉第
玉树花飞玳瑁杯

通用女寿联

慈萱春不老
古树寿长春

萱花长岁月
鹤语寄春秋

萱草凌霜翠
灵芝挹露香

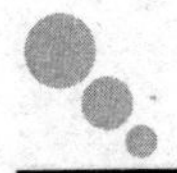

慈竹青云护
灵芝绛雨滋

岁寒松晚翠
春暖蕙先芳

萱花欣永茂
梅蕊庆先春

麻姑赐得长生酒
天女敬来益寿花

玉露常凝萱草翠
金风频送桂花香

天护慈萱人不老
云弥古树岁长春

惟盛世才多长寿
是贤母始能兴家

人间贤母曾推孟
海外仙姑本姓何

天赐昌期垂母范
人登寿域颂坤仪

华堂寿晋无边福
慈室祥开不老春

堂北峰看天姥秀
弧南光放婺星明

璇阁雪花吟柳絮
瑶池露蕊熟潘桃

蟠桃子结三千岁
萱草花开八百春

东序兰芽三秀草
北堂萱树万年花

子读诗书思荻画
人观礼法拜萱堂

萱草花摇松节紫
蟠桃果熟彩衣鲜

六十春秋仍未老
满门兰桂正争荣

六旬慈母人犹健
寸草春晖句未忘

岭上梅花报春信
阶前萱草护慈龄

青鸟飞来云五色
碧桃献上岁三千

芝兰玉树竞娟秀
青鸟蟠桃共岁华

蟠桃捧月千秋寿
玉树参天万载春

云捧彩鸾王母至
花开金凤天星明

南极星临山岳动
北堂萱映海天晴

乃冰其清乃玉其洁
如山之寿如松之贞

爱国赤诚当享上寿
持家勤俭欢度晚年

家下昌明，母其造福
寿林欢喜，子也能贤

桂植南宫，桃来西母
梅开东阁，萱茂北堂

彩舞一堂，目娱四世
畴呈五福，婺焕千秋

男女通用分龄寿联

10岁寿联

良辰揽揆
慧质初生

早识之无字
先征富有年

慧质父书工缮写
潜心姆教善听从

研京绮岁
就传青年

席上裁诗惊座客
忱中偷秘轶群伦

20岁寿联

自传英年勤苦学
薰常弱冠著贤声

弱冠征年始学礼
清通人选已知名

双旬岁月缂丝美
五度春秋笄饰新

设帨二旬闺门喜
双笄五载岁月新

射策方应如贾传
请缨志不让终军

30岁寿联

月圆一度
人庆千春

心阔如海三十年
德高似山立新功

花甲刚半功名就
人生而立事业新

而立大鹏
眼明自康

三十初进延龄酒
百年喜开益寿花

词赋登坛三十寿
功名强壮而立年

壮怀三十而立年
志在九旬且加月

绮岁及笄双璧合
良辰设帨百年新

琼阁年华蟾圆一度
瑶池桃实鹤算三春

40岁寿联

闻道不从此日始
知天犹待十年迟

际此欣逢设帨日
而今初倍及笄年

福海不惑朗日耀
寿域四旬恩泽长

七篇道德称尧舜
四十存心全天真

不惑但从今日起
知天还得十年来

蟠桃捧日三千年
古柏参天四十围

蓬岛春浓开丽景
桑弧彩焕庆强年

何年宏开旬历四
养气蔚立祝多三

历四承欢年养志
瑞气康宁杏争春

一子承欢歌令旦
四旬介寿庆华年

不惑但从今日始
明哲犹带甲子来

渭水春秋今得半
商山日月正悠长

桃花雨润四十春
椿树云深淑景长

黄鹤下飞知报喜事
白猿高唤来进寿丹

50岁寿联

德可教家如服政
学能问世即知天

百寿开来先百半
五福备至已五十

半百光阴人未老
一生风雨志难酬

半百光阴身更健
几番风雨山愈青

半辈光阴人未老
一生坎坷志弥坚

春秋不老臻高寿
甲子重新晋古稀

二回甲子春初度
举国笙歌醉太平

海屋筹添春半百
琼池桃熟岁三千

花甲待圆十年再造
林壬入颂百岁半临

甲子重新如山如阜
春秋不老大德大年

人方中年五十曰艾
天予上寿八十为春

天边客送千秋节
庭下人翻五色堂

庭帏分驻三春景
海屋平分百岁筹

五秩康强志如铁
十分健旺气若虹

一生事业今过半
百岁光阴日再中

五十初进延龄酒
百年喜开益寿花

五秩征年高门设帨
百龄益算海屋添筹

志仰宣民勤学易
韵同周子爱观莲

五十华筵开北海
三千朱履庆南山

学易假年符算大衍
知非进德庆协长生

60岁寿联

春秋永不老
甲子庆常新

七旬菊香秋后献
五云花洁日边来

翠柏苍松寿者相
童颜鹤发古稀年

祝遐龄三千岁月
游化日六十春秋

年过七旬称健妇
筹添三十享期颐

春秋不老同陵颂
甲子重添福寿花

玉芽久种春秋圃
青液频浇甲子花

六秩华筵新岁月
三千慈训大文章

不纪山中花甲子
应知天上老人星

一家欢乐庆长寿
六旬平康宴蟠桃

金桂生辉老益健
萱草长寿庆古稀

杯倾北海人初度
颂献南山甲重新

彤管飞音歌玉树
绿云分彩护金萱

甲子重新新甲子
春秋几度度春秋

杯开北海辰初度
颂献南山甲再周

桃熟正逢花甲茂
兰开几阅寿筹添

过五旬又逢花甲
再十载庆祝古稀

宝婺星辉延六秩
蟠桃献寿祝千秋

任凭白发头间满
且把青云足下登

过去春光才两月
算来花甲已初周

八月秋高仰玉桂
六旬人健比乔松

前寿五旬又迎花甲
待延十载再祝古稀

花甲齐年骈臻上寿
书房联句共赋长春

览揆逢辰台前合曜
延年周甲弧帨同悬

偕老歌诗祥征六秩
同年益寿颂献三多

甲子重新如山如阜
春秋不老大德大年

百卉争妍祖国河山似锦
六旬双寿全家老少同欢

花甲虽周精神尚旺
春秋不老山阜同春

桂树冬荣三多喜报丁添竹
萱堂春茂六秩欣看甲映花

70岁寿联

人歌上寿
天与稀龄

月满桂花延七里
庭留萱草茂千秋

七色云霞献寿锦
十分酒意溢华堂

一乡赞高寿
七十庆古稀

休辞客路三千远
须念人生七十稀

年过七旬称健妇
筹添三十享期颐

一乡称寿母
七十庆古稀

童颜鹤发寿早伴
松姿柏态古稀年

金桂生辉老益健
萱草长寿庆古稀

一乡称长者
七十曰古稀

童颜鹤发寿星体
松姿柏态古稀年

花甲重新今晋十
莱衣竞舞古来稀

七十枝如国
八千岁为春

盛世祥征长寿宇
华堂庆衍古稀年

鹤发童颜长寿体
松姿柏态古稀年

鹤算添新算
古稀今不稀

三千岁月春常在
六一丰神古所稀

当看九州今正盛
谁言七十古来稀

翠柏苞松寿者相
童颜鹤发古稀年

仙赐蟠桃人歌上寿
国尊鸠杖天与稀龄

福寿康宁登堂祝嘏
尊荣安富杖国征年

杖国鸠扶人歌上寿
寿添鹤算天与稀龄

日月双辉惟仁者寿
阴阳合德真古来稀

80岁寿联

八旬酬盛世
一生焕清辉

渭水一竿闲试钓
武陵千树笑行舟

蟠桃已结三千岁
上寿还期二十春

春酒流香酣寿酒
耋龄添美祝遐龄

天边将满一轮月
世上还钟百岁人

鸾笙合奏和声乐
鹤算同添大耋年

八秩康强春不老
四时健旺福无穷

桃熟三千欣献瑞
旬开八秩庆添筹

九志曾留千载寿
十年再进百龄觞

八旬且献瑶池瑞
几代同瞻宝婺辉

岁数八旬人未老
家传千秋福无边

海屋添筹筵前众祝
绛人城杞算欠六龄

八旬老翁逢盛世
一腔热血献余生

四代斑衣松不老
八旬宝婺岁长春

西伯访贤飞熊入梦
申公待聘驷马来迎

八方锦绣寿逢泰
十亿祥和富肇荣

寿过古稀多十载
预祝期颐仅廿年

白发朱颜八旬大寿
贤孙孝子四世同堂

廿载后如今日健
十年前已古来稀

三千美景添筹算
九十风光乐有余

白发频添童颜未改
绿醽满酌老兴尤浓

杖朝步履春秋水
钓渭丝纶日月长

耆年可入香山社
硕德堪宏渭水滨

八秩康强春秋永在
四时健旺上寿期颐

90岁寿联

一乡称寿母
九十颂奇萱

蟠桃已发三层浪
人瑞先征五色云

蟠桃经三千岁月
鹤算历九十春秋

歌人生三乐
颂天保九如

庆花甲一周四丰
祝萱堂百岁有余

九十春光永赐难老
三千甲篆悉数未终

九十年来留逸志
八千岁后又生香

人近百年犹赤子
天留二老看玄孙

耄耋齐眉春深爱日
孙曾绕膝瑞启颐年

九旬鹤发同金母
七秩斑衣学老莱

三千美景添筹算
九十风光乐有余

帨动春风寿延九裹
萱标绛色庆诞千秋

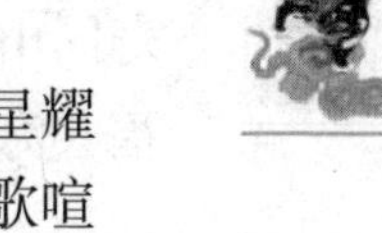

九志曾留千载寿
十年再进百岁人

四化行春新岁月
九旬益健老青年

桃熟三千老人星耀
春光九十喜鸟歌喧

南极桑弧悬九一
东方桃实献三千

栉风勤学何辞老
凌雪乔松岂畏寒

自古花甲膺殊遇
而今百岁亦寻常

年届耄耋身常健
寿享期颐神更怡

百岁寿联

百岁为高寿
一言乃万金

百岁人歌长寿酒
万载花开太平春

家中早酿千年酒
盛世长歌百岁人

百历延龄留晷景
九天华彩护慈云

古稀已是寻常事
上寿尤多百岁人

君子有诗歌偕老
上寿自古称大齐

老公百岁还添寿
仙佛千载续大观

岁为北斗辉耀久
人满百年恩泽长

莫道人生无百岁
须知草木有重春

乐奏寿弦歌百岁
德辉彤史祝千秋

人康身健晚年乐
柏翠松苍百岁红

天边已满一轮月
世上还钟百岁人

人生不满公今满
世上难逢君正逢

新人喜进千年酒
翁寿乐添百岁星

寿同山岳歌百岁
福共海天祝千秋

瑶池喜晋千年酒
海屋欣添百岁筹

松木有枝皆百岁
蟠桃无实不千年

百年长寿祝吾岂敢
终岁勤劳惟我不辞

DI LIU ZHANG WAN LIAN

第六章 挽 联

通用挽联

名耿千秋
子孝孙贤

泪倾沧海
痛断黄泉

悲歌动地
哀乐惊天

兰摧玉折
花落水流

留芳百世
遗爱千秋

音容宛在
笑貌长存

德传百世
名耿千秋

名留后世
德及乡梓

精神不死
风范永存

音容已杳
口泽犹存

劳迹可仿
母仪足式

名留后世
德及乡邻

一人别世
四代同悲

凄风洒地
抱恨终天

雨洒天流泪
风号地放悲

哭灵心欲碎
弹泪恨将枯

苍松长耸翠
古柏永垂青

素心悬夜月
高义薄秋云

芙蓉则枯萎
松菊已荒芜

魂魄托日月
肝胆映河山

灵魂驾鹤去
正气乘风来

寿终德望在
身去音容存

天下皆春色
吾门独素风

淑德标彤史
节踪依白云

户听凄风冷
楼空苦雨寒

雨洒天流泪
风号地铭碑

光辉齐日月
身影耀河山

落花春已去
残月夜难圆

苍松长耸翠
古柏永垂青

高风传乡里
亮节昭后人

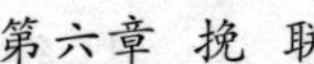

痛心伤永逝
挥泪忆深情

哭灵心欲碎
弹泪眼将枯

美德比称典范
遗训常昭子孙

美名留千古
忠魂上九霄

雨洒天流泪
风号地放悲

美德家家思念
高风个个颂扬

杜梁悲落月
鲁殿圯灵光

淑德标彤史
芳踪依白云

美德千秋永志
英名万古长存

一生行好事
千古流芳名

海内存知己
云间涉嗣音

福地得天独厚
后人家旺路宽

知君以病死
愧我犹醉生

人间鸿羽折
天上大星沉

一生刚直无邪
终生清白光明

门外奠云聚
堂中悼念多

中天悬明月
前线落大星

青山永志芳德在
绿水长吟雅风存

徒饮千行泪
只增万斛愁

学子无师表
老成有典型

一曲衷肠凄风悲
满腔血泪寒天哀

天不遗一老
人已足千秋

终身辛勤劳动
一世淳朴为人

一生正路无邪品
半世勤耕有作为

一生树美德
半世传嘉风

直道至今犹在
清名终古常留

魂游水底波澜壮
名大人间草木香

提耳言犹在
扪心齿欲寒

一世正直无私
终身勤劳有为

公去大名留史册
我来何处别音容

花为春寒泣
鸟因肠断哀

青山永志芳德
绿水长吟雅风

翠色和云笼夜月
玉容带雨泣春风

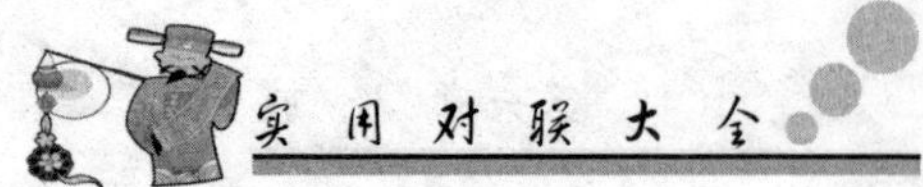

风凄螟色愁杨柳
月吊宵声哭杜鹃

剑空宝匣龙应化
云锁丹心凤不来

看山兴悲愁碧汉
望月垂泪染丹枫

桃花流水杳然去
明月清风何处寻

新界潮流摧砥柱
老成风度邈云山

月霁风光人共仰
山颓木朽天增愁

壶中日月三生梦
海上云山万里秋

志同松柏清同竹
言可经纶行可师

气数不言仁者寿
性情犹见古之愚

风号夜树子规啼
雪扫重门白马咽

不作风波于世上
别有天地非人间

等闲暂别犹惊梦
此后何缘再晤言

骑鲸去后行云黯
化鹤归来霁月寒

绿水青山常送月
碧云红树不胜悲

骑虬夜冷湖边月
驾鹤朝栖岭上云

情深风木终天恸
泪点寒梅触景思

老泪无多哭知己
苍天何遽丧斯人

星斗芒寒烈士墓
风雷灵护英雄碑

马革裹尸烈士志
捷报传家父老心

祖国山河埋忠骨
神州十亿颂英雄

一曲衷肠凄风悲
满腔血泪寒天哀

换来大璞归天地
留得和风惠子孙

已剩丰功垂史册
犹留大节誉人民

雨霖杏蕊流红泪
雪压松梢带素冠

空山月冷人何在
幽宅骨寒痛莫穷

星陨苍天山河暗
名垂青史日月辉

业留山上果园在
名载人间邻里夸

万里云天悲落日
千行泪水洒长空

创业十年嫌事少
功劳一辈费心多

有眼苍天同我泪
无情明月任他圆

音容宛在伤长夜
神魂离去忆深情

在世丹心兴伟业
归天青史续新篇

惊闻噩耗心悲痛
愁听哀歌心纵横

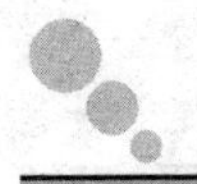

水青山谁作主环
素车白马总伤情

德合应传后世本
遗形从此望前贤

美德常齐天地永
嘉风久伴山河存

空梁月冷人千古
华苑魂归鹤一声

月霁风光人共仰
山颓木朽天增愁

苦雨凄风悲永诀
寒天冷月悼孤魂

慈惠常留众口颂
典型堪作后人师

今晓田园无笑语
此时楼院有悲声

但愿此境成梦境
怎奈哀情是真情

山耸北郊埋硬骨
泽留乡里仰高风

驾鹤乘风魂去远
伤心怀旧泪流多

流水夕阳千古恨
暮云春树一天愁

三径寒松含露泣
半窗残竹带风号

教诲耳旁身犹在
床上余温人却空

想见仪容空有影
欲闻教诲杳无声

同向甘棠挥雨泪
难将寸草报春晖

思亲腊尽情无尽
望父春归人未归

欲见颜容何处觅
唯思良训弗能闻

云深竹径樽犹在
雪压芝田梦不回

满天愁云当头压
无限哀思带血泣

公论当年青史在
故交此日白头稀

泪添九曲黄河溢
恨压三峰华岳低

决别亲人常惦念
难逢知己更伤悲

风号鹤唳人何处
月落乌啼霜满水

魂归天上风云惨
名在人间草木香

思亲百转柔肠断
忆昔两行悲泪流

等闲暂别犹惊梦
此后何缘再晤言

音容宛在灵车驾
子女堂前血泪抛

雨中竹叶含珠泪
雪里梅花戴素冠

一夜顶风摧白雪
三年泪水滴红冰

往日论交钦恕道
今朝追悼寄哀思

身似芳兰从此逝
心如皓月几时回

生前记得三冬暖
亡后思量六月寒

山耸从郊埋硬骨
泽留乡里仰高风

春风有恨垂疏柳
晓露言愁著早梅

雨飘翠竹垂红日
云压青松带素冠

月霁风光人共仰
山颓木朽天增愁

门对东方常见日
云封屺岑不逢亲

德厚业精光荣一世
福圆寿满安息九泉

同向甘棠挥雨泪
难将寸草报春晖

风号万树子规哭
雪压重门白马咽

美德堪称吾辈典范
遗训长昭后世子孙

瑶池旧有青鸾舞
绣幕今看白鹤翔

白云布就一天恨
泪雨洒来遍地愁

福寿全归音容宛在
齿德兼隆名望常昭

蓬门日影高轩过
蒿里歌声白马来

青松枝头花似雪
白玉栏杆泪如霜

一世辛勤范式乡里
终生节俭泽留村邻

不成门户愧为子
难报春晖欲断肠

一世精神归华表
满堂悼言飞云天

忠厚待人人尽怀念
存心济世世留芳名

每思田园共笑语
难禁空房热泪流

竹林风月谁相赏
兰桂庭阶我独悲

勤劳美德愿儿孙永继
简朴家风望后代长传

壮怀犹在风云上
诗卷长留天地间

三更月冷鹃犹泣
万里云空鹤自来

家失英主三江载泪水
亲离甚诚五岳摧心胸

多感佳宾来祭奠
深悲严父去留难

魂归天上风云暗
名在人间草木香

儿女尚幼悲君去何还
亲朋仰德安能再复生

看山垂泪愁碧汉
望水放悲染清川

魂游水底波涛壮
名在人间草木香

朔风悲啸噩耗惊天地
寒水哀流哭声动原野

生世耕黄土黄土埋忠骨
立身玉洁白洁白留作古

一世勤劳留与儿孙作表率
毕生忠厚赢得乡里树典型

敦厚可风实为前辈表率
和谦共仰堪做后人典型

克勤克俭一生辛苦人常仰
爱党爱国十分忠厚世间稀

一生俭朴勤劳声闻乡里
满座好亲至友痛失萱帏

烟雨凄迷，万里名花凝碧血
音容寂寞，千江流水助哀声

多少人痛悼斯人难再得
千百世最伤此世不重来

堂前悬遗照，触目飘洒凄凉泪
室内响余音，贯耳聆听教诲声

挽男联

名留后世
德及梓里

音容宛在
德范长留

英名垂千古
丹心照汗青

悲歌动地
哀乐惊天

寿终正寝
鹤驾西游

丹心昭日月
刚正泣河山

音容在目
浩气凌空

精神不死
风范永存

一生树美德
半世传嘉风

光明正大
磊落清白

风云变色
草木含悲

风悲浮云去
日觉冰壶清

寿高德望
子肖孙贤

功同日月
誉满城乡

痛心伤永逝
挥泪忆深情

名追先哲
德泽后人

徒饮千行泪
又增万斛愁

潜踪脱尘俗
寿世有文章

百年三万日
一别几千秋

风凄暝色愁杨柳
月吊宵声哭杜鹃

英灵已作蓬莱客
德范犹熏故里人

来去无牵挂
幽明永隔离

一曲衷肠凄风悲
满腔血泪寒天哀

秋草独寻人去后
寒林只见日西斜

欲祭疑君在
无语泪沾衣

悲气难挽流云住
哭声相逢野鹅飞

泪洒灵堂皆是血
哀怀秋草尽为霜

芙蓉城缥渺
松菊径荒芜

共化悲伤为力量
谨承遗愿振家声

阴云万里风号夜
血泪千行雪满山

道山归去也
逝水感如斯

雨急风号归鹤驾
天低云暗送灵车

流水落花春去早
陈词祭酒我来迟

青山永志芳德
绿水长吟雅风

惊闻噩耗心如碎
痛哭灵堂泪不干

想见音容云万里
欲聆教诲月三更

直道至今犹在
清名终古长留

三径寒松含露泣
半窗竹影带风摇

天高地厚恩何尽
月落乌啼泪不干

化悲痛为力量
继遗志写春秋

绿水青山悲去迹
落花啼鸟泣斯人

哀悼不知红日上
伤心望断白云飞

忍别亲人去矣
还期化鹤归来

重阳有约登高去
此刻无声看我来

霏霏细雨天公泪
滚滚江涛大地哀

良操美德千秋在
亮节高风万古存

毕生闲暇无多日
顷刻凄凉赴九泉

月阶静夜蛩声切
竹院秋声鹤梦惊

南极无辉寒北斗
西风失望痛东人

一世精神归华表
满堂血泪洒云天

千卷史书怀拥座
一帘风雨忆篝灯

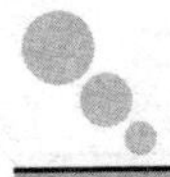

龙隐海天云万里
鹤归华表月三更

万里云天归落日
一门雨泪洒麻衣

流泪眼对流泪眼
断肠人送断肠人

有子能担天下事
伤心处丧老成人

明月清风怀旧宇
残山剩水读遗书

海阔天空忽悲古去
乌啼月落犹望南归

日落西山常见面
水流东海不回头

泪添九曲黄河溢
恨压三峰华岳低

世事无常空留尘榻
音容何处凄绝人琴

三更月冷鹃犹泣
万里云空鹤自来

地下有寒应彻骨
人生到此一回肠

大雅云亡空怀旧雨
哲人其萎怅望高风

玉树长埋悲老友
瑶花焕发盼佳儿

流水夕阳千古恨
秋霜春雨万人思

回溯前尘情同骨肉
追怀往事痛断肝肠

秋草独寻人去后
寒林只见日斜时

欲看山水存秋菊
长留清白在人间

为人正直毕生无愧
办事公道浩气常存

千山不语齐俯首
万水呜咽共吹箫

看山兴悲愁碧汉
望月垂泪染丹枫

噩耗惊传哀歌动乡里
遗言长在美德昭人间

幽兰岂觉香风在
宿草何曾泪雨乾

往日论交钦恕道
今朝追悼寄哀思

别离三两月宾朋伤益友
致教廿余年桃李悼良师

节俭终生，足堪儿孙表率
辛劳毕世，实乃邻里楷模

君不见为人百岁谁不死
意难平行世一时志未酬

哀乐声中，痛忆言谈笑貌
秋风故里，长留美德高风

勤劳一世足堪儿孙表率
忠厚毕生实乃邻里楷模

高谊解酬风雨鸡声偏结憾
幽思莫解屋梁月色逾关情

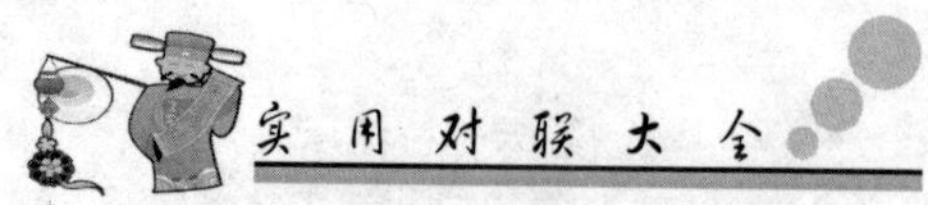

至善至诚，好人不寿天无眼
立言立德，典范长留口有碑

心怀国家，万里归舟从海外
义举公益，百年遗范仰生平

云鹤失声，簇簇鲜花凝血泪
寒松有节，年年碧色染冰霜

烟雨凄迷，万里山花凝血泪
音容寂寞，一溪流水伴哀声

冷月光寒，白满庭前含孝意
凄风声咽，乐飘户外动哀思

碧海潮空，此日扶桑龙化去
黄山月冷，何时华表鹤归来

规律难违，世上谁能千岁寿
高风永继，后人景仰毕生功

原上春满，鲲鹏音断云千里
林梢夜寂，杜鹃声哀月一轮

烟雨凄迷，十里山花沾血泪
音容寂寞，一江流水放悲声

壮岁别乡关，归来每问家山月
秋风吹落叶，哭泣空招故友魂

大雅云亡，风雨鸣声偏结憾
哲人其萎，潺溪流水作哀声

何处可招魂，检箧尚遗玄草在
为君欲挂剑，登堂空忆白云留

时事伤心，风号鹤唳人何处
哀情惨目，月落乌啼霜满天

挽女联

慈颜已逝
风木与悲

秋风鹤唳
夜月鹃啼

情怀旧雨
泪洒凄凉

兰摧玉折
花落水流

音容宛在
懿德长存

梅含孝意
柳动伤情

情怀旧雨
泪洒凄凉

烛剪西窗
梅残东阁

女星沉宝婺
仙驾返瑶池

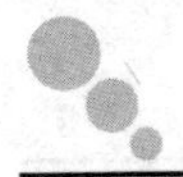

风木有余恨
瞻依无尽时

白云劳远望
青鸟切遐思

名标彤史范
望断白云乡

落花春已去
残月夜难圆

深情怀旧雨
热泪洒凄凉

画荻踪难觅
扶桐泪欲倾

天下皆春色
吾门独素风

白云悬影望
乌鸟切遐思

淑德标彤史
芳踪依白云

蓬岛归仙驾
萱帏失母仪

雨泣黄花应有恨
风凄翠竹更堪悲

梅吐玉容含孝意
柳拖金色动哀情

西池驾已归王母
南国辉空仰婺星

身似芳兰从此逝
心如皓月几时回

细语柔言情宛在
凄风苦雨恨偏长

了无遗恨留闺阁
自有余徽裕后昆

径扫丹枫皆丧礼
门临白马尽佳宾

守孝不知红日落
思亲常望白云飞

忽报风凄三楚地
怕看云黯半边天

彩分鸾凤悲菱镜
尘染鸳鸯废锦机

画堂省识春风面
环佩空归月夜魂

慈惠常留众口颂
典型堪作后人师

慈竹风摧青鸟返
婺星光黯白云埋

瑶池旧有青鸾舞
肃幕今看白鹤翔

勤俭相夫微挽鹿
义方教子显丸熊

三岛云旗随鹤驭
五夜霞帔答熊丸

良操美德千秋在
亮节高风万古存

细语柔言情宛在
凄风苦雨恨偏长

雨泣黄花应有恨
风凄翠竹更堪悲

蝶化竟成辞世梦
鹤鸣犹作步虚声

宝瑟无声弦柱绝
瑶台有月镜奁空

独户寂凄风冷灶
小楼空苦雨寒窗

日碧魂依蔓草路
雪红泪洒桃花溪

芳草清幽香满院
凄风苦雨哀盈门

扫榻飞烟惊化鹤
卷帘留月觅归魂

王母归时环佩冷
秦君去后凤楼空

丰骨直超双鹤上
语言犹存五云中

魂归九天悲夜月
芳流百代忆春风

惨目慈亲垂血泪
伤心子女著麻衣

懿德合应传后世
遗型从此望前贤

了无遗恨留闺阁
自有余徽裕后昆

欲看山水存秋菊
长留清白伴夜月

朱墙碧瓦归仙驾
象服鱼轩想母仪

人空居悠然而尽
叶满地凄其以悲

兰径水流三月暮
萱帏花谢一庭春

画堂省识春风面
环珮空归月夜魂

细语柔言情宛在
凄风苦雨恨偏长

绮阁风寒伤心鹤唳
兰阶月冷泣血萱花

夕阳北堂瞻淑范
却从南国纪徽音

宝瑟无声弦柱绝
瑶台有月镜奁空

绣阁花残悲随鹤唳
妆台月冷梦觉鹃啼

荆花树上知春冷
萱草堂中不乐年

雨润黄花应有恨
风凄翠竹更堪悲

烟径云迷风凄翠竹
石阶露冷雨泣黄花

身似芳兰从此逝
心如皓月几时归

慈竹霜寒丹凤集
桐花香萎白云悬

懿范美德千秋永在
高风亮节万古长存

挽祖父联

寿高德高
子肖孙贤

英姿爽气归图画
丹心壮志留子孙

祖父魂归无依靠
儿孙饮泣尽含悲

严君早逝心犹痛
大父旋亡泪更枯

想见音容云万里
思听教训月三更

永别儿孙功业在
长辞盛世遗风存

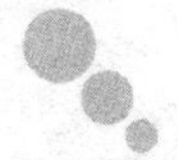

辞尘祖去空留像
投笔人杳不见颜

一夜秋风狂摧祖竹
三更凉露泪洒孙兰

勤劳本质儿孙永记
革命家风世代不忘

群山披素，玉梅含孝意
诸水悲鸣，杨柳动伤情

风起云飞室内犹浮诫子语
月明日黯堂前似闻弄孙声

无病而终，想是生平修到
含饴未报，忧从何日能忘

寂寞乾坤邈笑一公何所在
凄迷风雨哀哉两字弗堪闻

挽祖母联

带去暮年残岁
留下厚德芳名

慈竹霜寒丹凤集
桐花香萎白云悬

懿德传诸乡里口
贤慈报在子孙身

抱孙昔日恩于海
承服今朝痛彻心

祖母仙游千载去
诸孙泪洒几时干

奉养才几时方期欢颜承百岁
含饴已不在从此血泪哭重帷

看山兴悲愁碧汉
望云垂泪染丹枫

挽父亲联

英灵垂天地
美德传室家

倚门人去三更月
泣杖儿悲五夜寒

思亲泪尽情难尽
望父春归人不归

父去言犹在耳
春来我不关心

临深履薄言犹在
谕忘承欢愧未能

痛矣今朝当大事
哀哉何日报亲恩

慎终不忘先父志
追远常存孝子心

泣父悲声羊束语
致儿哭废寥莪诗

一世务农勤稼穑
毕生好学勉儿孙

深恩未报惭为子
隐憾难消忝作人

不知父处何天洞
且看人间好春光

空将美酒三杯祭
不见严亲半点尝

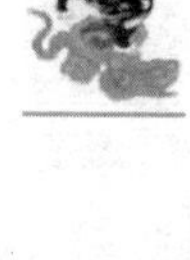

音容未远悲畴昔
杖履空存忆老成

风号万树子规啼
雪积重门白马咽

慎终不忘先严志
追远常怀赤子心

心因父逝心滴血
月窥吾悲月无光

多感佳宾来祭奠
深悲严父去难留

父逝悲从心头起
子存教诲记永年

门对东方常见日
云封屺岭不逢亲

思亲泪尽情难已
怀父恩深泪更多

不成门户愧为子
难报春晖欲断肠

凄凉云树愁千里
惆怅春风恨隔年

惨目灵椿生意老
伤心慈竹泪痕多

风号鹤唳人何处
月落雁啼霜满天

只见三秋多苦雨
谁知九月别严亲

珠泪滚滚哭家父
奠酒滴滴祭英灵

陈辞祭酒表赤子孝意
洒泪讴歌悼严父英灵

音容宛在勤劳一生传佳话
神魂离去芳名百世著清风

遗爱难忘黍雨棠阴皆政德
循声遍涌江云海水尽哀思

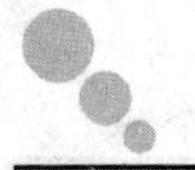

情切一堂红泪相看都是血
哀生诸子斑谰忽变尽为麻

多年教导，音容笑谈永铭心下
一朝诀离，言谈举止化作几行

华月光寒韵满庭前含孝意
愁云寂寞旌飘户外痛哀情

大义是难明，无言复诲空流泪
深思非易报，有像徒存只恸心

挽母亲联

流芳百世
遗爱千秋

良操美德千秋在
亮节高风万古存

慈竹当风空有影
晚萱经雨仍留芳

南柯梦里
望云思亲

世上痛无救母药
灵前哭煞断肠人

山颓赐也将安放
琴在微之不忍弹

思亲惟有泪
救母痛无方

终天惟有思亲泪
寸草痛无益母灵

严父早逝恩未报
慈母别世恨终天

人间慈母去
天上大星沉

杳杳双亲无复见
哀哀两字不堪闻

未盗仙桃调味口
空悲黄土覆慈容

寒风推萱萎
瑞雪托哀思

心想慈母心有缺
月临中秋月不圆

宝婺云迷妆阁冷
萱花霜萎绣帏寒

细思慈母手中线
长念游子身上衣

但愿此境成梦境
怎奈哀情是真情

暗中时滴思亲泪
生前少报慈母恩

恩似海深悔未报
泪如泉涌苦难言

婺星顿失天色暗
美德犹存家景长

倚门老母今何在
陟屺幼儿此失依

泪滴千行天地暗
思听教训月三更

荆花树上知春冷
萱草堂中不乐年

未报春晖伤寸草
空余血泪哭娘亲

隔世欲望慈母影
三餐嚼碎赤子心

未报春晖伤寸草
空余血泪泣萱花

别娘亲无缘重见
思母训没齿不忘

慈晖顿杳肝胆裂
爱日虽长心灵悲

椿树早凋悲未已
萱花又殒泪何多

瞻云仰日慈容不再
期劳戒逸母训难忘

玉洁冰清归泉路
孙贤子肖哭灵台

终天惟有思亲泪
举世竟无益母丹

半世勤劳戚里咸钦懿范
一朝永别合家同失慈晖

酒进晨昏怎教儿一滴一泪
香焚朝夕惟祝母如生如存

杜宇伤春泣残雪泪悲花老
慈乌失母啼破哀声夜光寒

凉月写凄情，环砌秋声听倍惨
慈云归缥缈，空庭落月恨何日

音容莫睹伤心难禁千行泪
亲恩未报哀痛不觉九回肠

挽伯父联

一世勤劳俭朴
终生浑厚和平

永别侄儿功业在
长辞盛世遗风存

寿终德望犹在
人去徽音长存

遗训常怀亚父德
酬恩未尽比儿情

伯父魂消哭泪眼
侄儿心痛泣断肠

竹林风月谁相赏
兰桂庭阶我更悲

挽伯母联

音容宛在
懿德永昭

山容惨淡浑如睡
阃范留遗永不忘

驾鹤西天去
留名人世间

勤俭持家半世最怜叔母苦
报酬无地六亲者为侄儿悲

笑貌今犹在
嘉风永世传

挽叔父联

一世勤劳俭朴
终身浑厚和平

大雅云亡梁木坏
老成凋谢泰山颓

复生不复生矣
有为安有为哉

名垂宇宙音容何在
功著神册德泽永存

事业已归前辈缘
典型留与后人看

一世辛勤范式乡里
终生节俭泽留村邻

龙隐海天云万里
鹤归华表月三更

勤劳毕生足堪侄儿表率
忠厚一世实乃邻里楷模

挽叔母联

贤劳分得恩情乃犹子
缥缈更谁孤苦念零丁

大好竹林游厚谊比儿竟日清淡慈眷注
无端萱草萎传言诸弟急时御侮孔怀吟

挽姑父联

常怀典范　身逝音容宛在
寄托哀思　风遗德业长存

挽姑母联

驾鹤西天去　山容惨淡浑如睡
留名人世间　阃范留遗永不忘

挽外祖父联

寿高德望　公颜自后从何视
子肖孙贤　善训而今总莫聆

美德堪称典范　美德常齐天地永
遗训长昭子孙　嘉风久伴山河存

带去暮年残岁　灵鹊苦传声纵属铁石亦为洒泪
留来厚德芳名　骑鲸向何处凡兹外孙怎不伤悲

想见音容云万里
思听教训月三更

挽外祖母联

音容在世　美德常齐天地永
懿德长存　好风久伴山河存

带去暮年残岁　美德常齐天地永
留来厚德芳名　嘉风久伴山河存

挽舅父联

流水高山思典范
春风霁月仰仪型

勤俭持家远近赞誉
宽厚待人老少共钦

敦厚可风实为前辈表率
和谦共仰堪作后人楷模

挽舅母联

笑貌今犹在
嘉风永世传

同气遽分途原隰秋风魂不返
异时谁共被池塘春草梦难通

舅娘一去香无影
怜甥千声呼不回

懿训昔难忘霜萎灵萱自顾愚庸惭宅相
慈容今顿杳风嘘小草未曾报答到春晖

慈竹风摧长有遗徽留懿范
含桃雨润不堪清酌奠灵帏

挽姨父联

儿孙称典范
邻里赞楷模

悼念不闻亲教诲
情怀仍忆旧音容

少日有何知谁怙恃相依当年敬谒高门早识邢谭通雅谊
亲情原最厚痛音容顿杳今日来凭灵梓不堪萝茑失乔阴

挽姨母联

音容宛在
懿德永昭

萝茑昔攀依差喜女婴得所
门楣今落寞更教弱弟如何

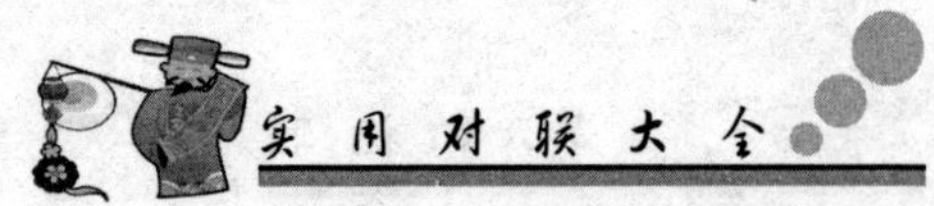

恩谊略同甥舅与吾母姐妹成行顿失慈容劳想象
往来无间邢谭惟小子童蒙寡学缅怀懿训寄悲哀

挽岳父联

半子无依何所赖
东床有泪几时干

峰顶大人嗟已矣
膝前半子痛何如

大雅云亡梁木断
老成凋谢泰山颓

寿逾七旬，一生勤俭人共仰
身居半子，万斛恩情我独多

泰岳无云滋玉润
东床有泪滴冰清

忆半子昔日乘龙东床有幸
痛岳父今朝驾鹤北堂无依

丁年病如黄泉路
午夜惊颓太岳峰

挽岳母联

自入婿乡蒙厚爱
何堪甥馆杳慈云

劳燕遗雏恩未报
春蚕化蛹恨难留

凄凉甥馆慈云黯
缥缈仙乡夜月寒

自列东床承厚爱
哪堪甥馆杳慈云

慈竹影寒甥馆月
昙花香杳佛堂云

看日瞻云慈容不再
期劳戒逸母训难忘

婺星西陨恩无既
泰水东流泪与俱

半子荷深恩，玉镜台前承色笑
一朝悲怛化，璇闺堂上失慈晖

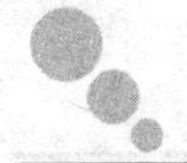

挽亲家联

幸托丝罗荣分椿荫
悲歌蒿薤空奠椒浆

风片雨丝萧飒忽摧女贞荫
莺啼燕语凄凉偏杂子规声

儿女亲事今世如意
两家结缘再生相逢

寥落数晨星鹤驾云中偏去远
凄凉忆旧雨蟀吟床下不成声

挽夫联

花为春寒泣
鸟因肠断哀

伤心泪洒伤心地
断肠人哭断肠坟

九泉瞑目君无憾
一家重担我来挑

燕阵残斜孤月冷
箫声吹断白云愁

假如我死替你死
换来君生代吾生

每念良人惟有梦
常思儿子岂无悲

碧水青山谁作主
落花啼鸟总伤情

音容宛在空留榻
浩气长存徒遗灵

欲殉难抛黄口子
偷生勉事白头翁

鸾飞镜里悲孤影
凤立钗头叹只身

鲲鹏音断云千里
杜鹃声哀月一轮

每思月夜谈笑共
难禁空房热泪流

九泉瞑目君无憾
一家重担我来挑

裂肺撕肝儿寻父
捶胸顿足妻哭郎

别人抛妻君去矣
抚儿养老我何能

看房中孤灯独照
喜膝下二子承欢

悲君永别同林鸟
恨我独行独木桥

哭哭啼啼儿哭父
悲悲切切我悲夫

君云英名留史册
我来何处别音容

碧水青山谁做主
落花遗孀总伤情

女嫁儿婚谁作主
春寒秋肃我伤情

每思田园共笑语
难禁空房独泪流

裂肺撕肝儿寻父
捶胸跺足我哭夫

夫妻恩，今日未全来世再
儿女债，两人共负一人完

已到暮年，名曰悼亡实偕老
不妨多痛，君今先去我还留

亲老家贫负但忍付称孤子
行修名立诔词悲作未亡人

郎果多情，楼上冀迎萧史凤
妻真薄命，家前愿做舍人鸯

无禄才郎长夜不醒蝴蝶梦
伤心少妇深宵悲听子规啼

万里快鹏飞独憾翳云悲失路
一朝惊鹤化我独弱息去招魂

挽妻联

春风闲楚管
明月断秦箫

云深竹径樽犹在
雪压芝田梦不回

人去楼空情戚戚
儿啼女泣恨悠悠

窗竹鸣秋雨
床琴断夜弦

泪残秋雨遗罗衫
肠断春风陨玉娇

何当再剪西窗烛
长忆倾心夜雨时

户听凄风冷
楼空苦雨寒

四面轩窗宜小坐
一湖风月与谁分

曾约百年同到老
何期一夕竟无言

淑德标彤史
芳踪依白云

户外有花悲独卧
家中与谁乐丰收

宿鸟同林惊失伴
春花溅泪血凝鹃

宝琴无声弦柱断
瑶台有月镜奁空

春江桃叶莺啼湿
夜雨梅花蝶梦寒

惨听秋风悲落叶
愁看夜月照空房

不合时宜惟有朝云能识我
独弹古调每逢暮雨倍思亲

负我多情空抱鸳鸯偕老愿
祝卿再世重寻鹣鲽未完盟

菱镜影孤惨听秋风吹落叶
锦机声寂愁看夜月照空帏

数十年勤俭持家，卿死料难如往日
恍然间今生永诀，梦乡方能晤汝颜

挽兄联

不图花萼终联集
何忍雁行各自飞

魂兮归来夜月楼台花萼影
行不得也楚天风雨鹧鸪声

雁阵霜寒悲折翼
鸽原露冷痛孤翔

云路仰天高，谁使雁行分只影
风亭悲月冷，忍教荆树萎连枝

一生辛苦今犹在
十分忠厚古来稀

雁翼折西风先我而生乃遂先我而死
蛩声悲落日可叹在弟毕竟可叹在兄

手足难分终别我
膏寰莫起竟辞尘

挽嫂联

自愧不才此后议围难遽解
敢忘懿德于今家政复谁操

花为春寒泣
鸟因肠断哀

回想幼年时绕膝相依如我母
难疗今日病伤心何以慰吾兄

家事赖支持应知长嫂为娘一室不生铄釜怨
仙游伤仓卒何忍阿兄悼妇数声莫慰鼓盆悲

挽弟联

春草池塘犹入梦
秋风鸿雁不成行

一生辛苦今犹在
十分忠厚古来稀

棠棣联枝嗟失一
雁行折翼泣无全

原上春深鹡鸰音断魂千里
林梢夜静棣萼花分月一轮

劲节励冰霜定卜泷冈终有表
衰年鲜兄弟可堪雷岸更无书

挽妹联

身似芳兰从此逝
心如皓月几时回

想见容颜徒有影
欲聆呼唤总无声

月冷璇闺鸾音缥缈
风寒绮阁鹤泪凄情

兄妹永离情戚戚
春秋长忆恨悠悠

贞静幽娴姊妹行中推独冠
凄凉寂寞杜鹃声里暗伤神

人羡陆家姑万事补缝能爱弟
我仪张玄妹一时荣秀不留春

挽朋友联

海内存知己
云间渺嗣音

诔文作自先生友
遗稿归于后死朋

竹影摇窗身影在
墨花带血泪花飞

英名垂千古
丹心照汗青

一世深交堪难得
九泉有知念旧情

年是长兄情似父
交为益友学如师

人生行好事
千古留芳名

老泪无多哭知己
苍天何遽丧斯人

勤俭持家远近赞誉
宽厚待人老少共钦

哭君今天离去
盼友再世重逢

九泉有泪流知己
万户同声哭好人

忠魂一缕萦萦依故土
正气无量浩浩满中华

生前不卑不亢
死后可泣可吟

平生风义兼师友
来世因缘结弟兄

伴君一生错节风霜苦
爱我毕竟深情肝胆知

赤心光昭日月
清名终古长留

快语平生相见晚
奔丧故里恕来迟

廿载契何如犹觉兰言在耳
三秋悲永诀那堪楚国招魂

管子天下才公论当年青史在
鲍叔和我者故交此日白头稀

挽邻居联

睦邻精神今犹在
勤劳品质永留存

一世辛勤德留乡里
终生节俭和传院邻

挽同学联

万卷诗书我还读
一时风月向谁谈

学富雕龙文修天上
才雄倚马星殒人间

千秋女学天蓝楼
一脉师承重典型

茗赋柳诗为同学冠
兰摧蕙折贻我辈忧

挽晚辈联

箧里诗书疑谢后
梦中风貌似潘前

始信人生福有尽
终悟此身恨无期

人间未遂青云志
天上先成白玉楼

满腹经纶，离世早堪叹
一腔热血，沸腾迟可悲

挽英烈联

英灵昭日月
肝胆映山河

英名垂千古
丹心照汗青

正气留千古
丹心照万年

丹心昭日月
正气壮河山

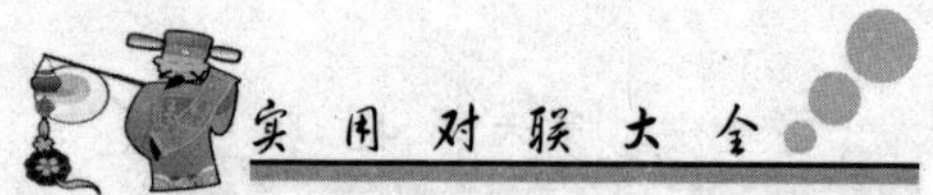

忧国身先殉
游仙梦不回

英灵已作蓬莱客
德范犹薰故里人

生当做人杰
死亦为鬼雄

忠骨虽灭浩气存千秋万代
遗言永铭赞歌传六合八荒

未酬壮志身先死
留取丹心照汗青

DI QI ZHANG ZHAI DI DUI LIAN

第七章　宅地对联

建筑新房联

作百年计
安五福梁

良辰竖玉柱
吉日上金梁

飞阁凌芳树
高窗度白云

竖千年柱
架万代梁

吉星照福地
紫气绕新梁

室有迁莺瑞
门多吐凤才

旭日悬顶
紫微绕梁

肇启文明运
宏开富实基

家家套善政
村村盖新房

吉星高照
福地呈祥

大竖擎天柱
高架创业梁

旧宅成新宅
今年胜去年

门辉奎璧
栋接云霞

人和大梁正
世盛家业兴

甲第崇高闳
天文焕紫薇

红日高照
紫气东来

祥云绕栋宇
佳气满门庭

画堂辉新锦
华构霭春晖

国家兴旺
栋宇辉煌

连云开甲第
彩藻艳春华

新基欣奠定
宏运启文明

红砖青瓦
绿竹斜阳

祥云浮紫阁
喜气溢华门

文明昌景运
栋宇绕彤云

人和楼板固
政明家业兴

堂华结构巧
室雅布局新

楼台凌碧宇
堂构焕朱门

上梁鼎盛日
立柱吉祥时

门前绿水笑
屋后青山幽

筑就和睦室
建成文明房

梁悬四面瑞
门启八方新

家种吉祥草
宅开幸福门

群材成大厦
彩凤宿高梧

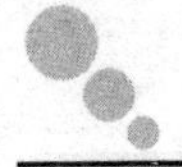

东风开画宇
旭日映华堂

福家多美德
华室有春风

国治生活美
家康幸福多

栋宇朝红日
竹林引惠风

栋起祥云连北斗
堂开瑞气纳春光

旭日朝临新气象
吉星拱照大文章

立柱喜逢改革日
上梁正是腾飞时

画栋倚云光旧业
高门映日构新居

立玉柱天长地久
架金梁万古千秋

成家全凭劳动手
筑屋尽是栋梁材

家业振兴凭双手
栋梁凌空靠齐心

上梁欣逢好时代
落栋还靠众乡亲

华堂翠屋春风至
甲第崇门瑞色开

堂构初成十载业
垣墉已筑万年基

一朝成就千秋业
百代安居万事兴

曾是昔年辛苦地
安得广厦千万间

千秋事业原非易
万代根基由来深

三阳喜照平安地
五福笑临吉庆门

今朝玉柱根基固
明日新房喜庆多

门开有喜逢佳日
基座如山遇吉时

吉日上梁凝百瑞
良辰安石集千祥

高筑楼台先得月
新栽花木自成春

兰室犹然仍旧址
槐堂添喜庆新居

美奂美轮光祖德
肯堂肯构启人文

春到高楼添百福
风吹新舍纳千祥

新第新房新气象
好山好水好风光

阁上金龙腾紫气
堂前彩凤映丹霞

新屋落成三代喜
全家和睦万般兴

碧宇倚云昭大壮
紫微映日焕中孚

巧构宏开立广厦
励精图治建家园

玉树琪花香作锦
水光山色翠连云

一朝成就千秋业
百代居之万事安

门对青山龙虎地
房纳绿水凤凰池

水为奠基绕玉带
山因落成列翠屏

红日舒辉临吉宅
春风送暖入华堂

五色祥云笼甲第
三多景福集门闾

日月光华临画栋
山河环拱映楼台

瑞彩盈庭山聚秀
祥光当户斗联辉

宏图大展兴隆院
泰运恒昌富裕家

玉堂金马家声老
画栋雕梁物色新

龙盘虎踞福乐宅
凤巢鹤乡安宁居

平安福地丽日辉栋
吉庆人家春风贺梁

江山聚秀归新宇
日月交辉映华堂

江山聚秀归新宇
奎璧联辉映画堂

新居焕彩盈门秀色
华构落成满座春风

秀宇层明光日月
朱堂高辟大幈幪

别墅初栽新竹木
幽居先辟小蓬莱

麦庆丰收花开红杏
初成基建果结蟠桃

承家事业辉堂构
经世文章裕栋梁

累仁积德根基厚
对宇望衡气象新

依山傍水景中胜境
坐北朝南画里新居

南山户对开黄道
北阙门迎照紫微

栋宇连云子孙愿
华堂耀日父母心

南望飞云雕梁画栋
西来爽气玉宇琼楼

画栋倚云呈异彩
花灯映月放光辉

山水朝宗依旧日
堂前集瑞霭新居

大地钟灵文明运启
华堂集瑞富有基开

五柳直称陶令宅
百花新构杜陵庄

栋宇维新崇伟业
宏图大展振家声

日开月恒天赐百福
竹苞松茂地发千祥

屋后松竹添翠色
门前梅兰吐幽香

春风化雨滋桃李
玉宇增辉壮门庭

新居落成祥云绕室
华堂集瑞旭日临门

鳞次栉比立广厦
励精图治建家园

华构落成三载力
小筑安居四时春

开百世鸿图龙盘虎踞
启千秋大厦凤起蛟腾

门外青山水流秀
户内人旺财源兴

瑞彩盈门山聚秀
春光当户水联辉

华堂瑞绕喜光辉栋宇
兰室香生贺锦绣阳春

新居通用联

江山焕彩
屋宇维新

艳阳高照
紫气东来

祥光遍地
喜气盈庭

三星灿户
五福临门

春光永驻
福地长兴

吉星高照
幸福常来

百年大计
五世其昌

全家福气
满院春光

禧凝燕贺
庆肇鸿图

宏图兴伟业
盛世乐新居

家居青山下
人在画图中

小康安度日
大厦落成时

绿树村前秀
群山屋后青

雨润新花灿
风和古木荣

书香盈北阁
梅影入南窗

琼楼迎紫气
雅士贺莺迁

春华秋实地
财旺业兴家

青山环绿水
翠竹映红墙

人兴财旺地
孙贤子孝家

红联映红日
新岁乐新居

当门观柳色
入室展诗笺

竹柏门庭秀
田园气味浓

院外花迎日
梁间燕对歌

屋倚青山建
门迎绿水开

经年居陋室
致富建华堂

户外千山秀
庭中百卉妍

门前松迎客
屋后竹为屏

室有田园趣
家无世俗尘

草长莺飞地
人兴业旺家

当门人把钓
得意鸟传歌

喜红光回照
看气象一新

莺迁金谷晓
花报玉堂春

好景年年好
新居处处新

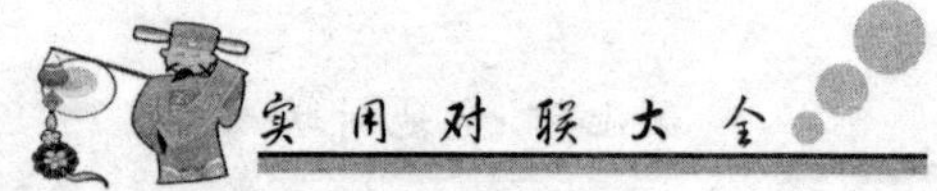

室有迁莺处
门多吐凤才

玉堂映春色
珠树发秋香

凤彩金谷舞
柳拂画堂春

东风开画栋
旭日映华堂

吉门沾泰早
和里得春多

花绽一庭秀
人和四季春

花开家富贵
竹报人平安

庭外遍山绿
室内满堂红

政通千家福
人和万户欢

室雅何须大
花香不在多

祥云生紫户
喜气绕朱轩

溪山呈瑞彩
庭砌焕祥光

肇启文明远
宏开宝贵基

鹤舞千年树
凤鸣百尺楼

庭院花香鸟语
楼台月满云开

景美年丰家瑞
日丽岁安人欢

一家欢笑春风暖
四季平安淑景新

三阳日照平安宅
五福星临吉庆门

门对青山摇钱树
户迎绿水聚宝盆

天泰地泰三阳泰
家和人和万事和

日月光华临画栋
山川秀丽映雕栏

民重农田能治国
光增新宅喜齐家

孝贤门第春来早
和睦人家燕去迟

宏图大展兴隆宅
泰运长临富裕家

忠厚一生期祸少
平安二字更值多

宅伴青山临福地
莺迁乔木唱新声

芳草有情三径绿
庭花向日四时红

庭栽翠竹时时绿
宅伴园梅岁岁红

燕入高门多细语
花开庭院吐奇香

户外有山皆滴翠
庭中无日不飞花

似画山乡添胜景
如林天线插红楼

四野清风常入户
三春秀色备宜人

迎客松前迎客至
报春堂外报春来

阶前梅蕊香如故
户外岚光翠欲流

得安居不求高大
看前路何等辉煌

春入画堂添喜气
花飞庭院有清香

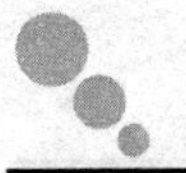

福甲一方新宅院
名高十里大门庭

瑞映画堂多喜色
吉临新宅焕春光

国泰居安歌盛世
家兴享乐庆丰年

远水近山皆成趣
清风明月自为邻

福寿双全阖家乐
吉祥如意喜盈门

枇杷百园金万两
蚕桑千亩银千筐

乍暖春阳先着绿
向阳门第早飞花

日丽风和锦铺院
冬暖夏爽笑满堂

月满一轮辉宇宙
梅香千里到门庭

建屋依然留旧址
搬家又喜庆新居

莺迁华屋春日照
燕贺雅室福星明

阳光普照楼常暖
正气长存室自清

大厦巍峨真气派
小家装饰果新潮

乔迁美厅步步起
喜居层楼阶阶升

喜迎春色乾坤秀
欣颂华堂子孙贤

室有仁风春意永
家余德泽福源长

琴鼓阳春春满第
鹤栖唐棣棣联辉

日暖阶前生玉树
莺矫堂上茁兰芽

家有和气人有德
福临阶台喜临门

此地有崇山峻岭
斯人为猗顿陶朱

月下赏花当进酒
楼中饮宴欲吟诗

室盖呈祥香结彩
银台报喜烛生花

宅近青年添秀色
身居德里乐安康

腾蛟起凤凌霄汉
毓桂培兰映碧纱

栋起祥云连北斗
堂开瑞气焕春光

忠诚作瓦何惊漏
正直为梁不畏风

择地适值东风劲
上梁正遇丰收年

春风化雨艳桃李
瑞霭盈屋旺子孙

众志成城兴伟业
春风得意展宏图

栋拂云霞绕紫气
家传浩气足春风

倚山背绿添新宇
语燕啼莺入世家

山花烂熳长无尽
石壁嵯峨永不磨

华堂风静花香溢
绿树荫浓雨露多

新居落成三代喜
全家和睦万般兴

一栋新楼迎贵客
几杯喜酒宴嘉宾

小宅堂皇凭地利
阖家幸福赖天时

大门联

德门集庆
仁宅迎祥

紫微栖凤
碧宇藏龙

祥光北拱
紫气东来

春风扑面
福气临门

依和成里
与德为邻

以文会友
与德为邻

友天下士
读古今书

紫微栖凤
碧宇藏龙

祥云浮栋
春色镀梁

文章华国
诗礼传家

物华天宝
人杰地灵

仁为安宅
德必有邻

春风扑面
福气临门

家无儋石
气雄万夫

天开化宇
人在春台

康平盛世
丰稔年华

风云降瑞
岁月呈祥

大门绥福履
四季颂平安

门大春非小
岁增福亦多

春风先及第
旭日早临门

韶华光宇宙
喜气溢门庭

书里乾坤大
门中日月长

江山千古趣
花鸟四时春

华屋辉生壁
青山绿到门

郭外青山抱
门前绿水洄

门间多喜气
山水有清音

桃李千秋景
江山万代图

运际风云会
天开日月光

瑞霭笼仁里
祥云护德门

吉星高照户
春色富盈门

城阙千门晓
河山万里春

德门膺厚福
仁里乐长春

富贵祥光满
平安福泽多

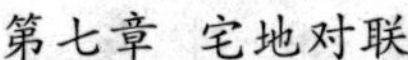

千门同舜日
四海乐尧天

忠厚传家久
诗书继世长

莫放春秋佳日过
最难风雨故人来

门对千山竹
户藏四季春

街巷千门晓
河山万簇春

论文不外学才识
博物能通天地人

淡交惟对水
雅意在为民

竹雨松风梧月
茶烟琴韵书声

居家自有天伦乐
处世惟求地步宽

一代风流世
万年幸福家

居乡恕乡乃睦
治家严家斯和

风清流水当门转
春暖飞花隔岸来

竹柏门庭喜
田园气味长

日出金莺绕屋语
风和玉树当门开

门前有水地不俗
宅后靠山春常新

自得同人乐
咸歌大有年

碧水绕门蓝作带
青山当户翠为屏

芝兰自启山川秀
松柏长留天地春

对门开竹径
临水种梅花

云间树色千重满
门外山光万叠浓

金石其心芝兰其室
仁义为友道德为师

院有山林乐
人同天地春

喜延明月常登户
自有春风为扫门

慈孝友恭家庭礼乐
烟霞山水今古文章

门间溢喜气
山水含清辉

白手壮心驯大海
青春浩气走千山

房门联

开门有福
入室无尘

人修俊德
天赐鸿禧

惜花春起早
爱月夜眠迟

和谦为贵
勤俭是珍

山水多清韵
子孙继嘉风

开帘见新月
排闼有青山

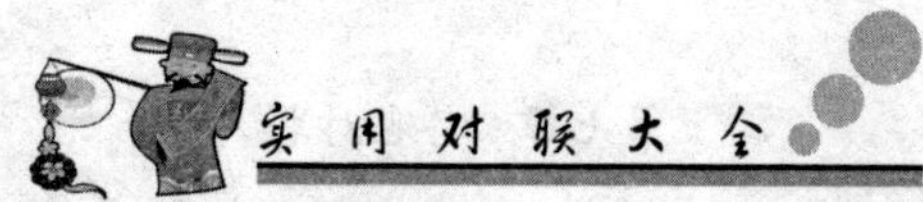

青松多寿色
丹桂有丛香

窗前数声鸟语
帘外几点梅花

三间东倒西歪屋
一个南腔北调人

花开香入户
月照影临轩

家庭幸福真美满
琴瑟和谐乐自由

月移花影横窗瘦
风送兰香入座清

床上书连屋
阶前树拂云

窗含青山鸟衔翠
门垂碧柳燕语枝

吉祥草茁深闺暖
富贵花开满室春

风暖日华丽
气澄天宇高

人间锦绣藏金屋
天上笙歌送玉麟

久坐不如春在室
推窗时有蝶飞来

合诗书为三益
以花鸟作四邻

瑞气回浮青玉案
清名合在紫微天

和气致能一家祥瑞
书声足起万里风云

厅堂居室联

春移眼底
月在堂前

庭前梧叶落
堂上桂花香

清风挺松柏
逸气上烟霞

四时佳景
满座高朋

径外千竿竹
庭前百品花

祥光环玉树
瑞气绕金兰

一轮明月
四壁清风

玉树春庭秀
金花岁事新

桂香清院落
梅影小窗纱

高堂日永
绮阁春生

烟霞饶胜事
桃李笑春风

江山开眼界
风雪炼精神

海内存知己
天涯若比邻

松菊开三径
琴书萃一堂

格勤在朝夕
怀抱观古今

月影窗前静
琴声雨后清

德行动天地
著作寿山河

诗写梅花月
茶煎谷雨春

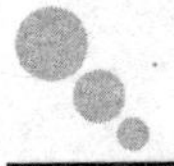

倚栏吟夜月
卷帘挹春风

溪声来枕上
山翠落樽前

香开梅映月
爽挹竹鸣秋

竹深留客处
荷净纳凉时

伴我书千卷
可人花一帘

逢人觅妙句
留客听清泉

窗开千里月
砚洗一溪云

花明生喜气
客雅起香风

海阔天高气象
风光月霁襟怀

铁石梅花气概
山川香草风流

架上诗书无暇日
阶前草木总长春

梅召春光兰遣夏
菊呈秋色竹凌冬

好山入座清如洗
嘉树当窗翠欲流

野树穿花月在涧
清风拂座竹环门

独坐每将书作伴
闭门常与竹为邻

树影横窗知月上
花香入梦觉春来

房中雅奏同心曲
室内应无交谪声

得好友来如对月
有佳书读胜看花

明月清风开朗韵
高山流水有知音

一庭花发来知己
半卷书开见古人

爱客常开新酿酒
呼童时展旧藏书

看竹客来双履雨
寻诗人坐一庭秋

天近彩云连紫极
堂开华阁引青阳

静夜不嫌鱼读月
闲时还爱鸟谈天

鹏起天池风九万
龙游艺苑字三千

月作主人梅作客
冰为风骨雪为衣

礼门义路家规矩
智水仁山古画图

玉树暖迎沧海日
珠帘光动赤城霞

岁月维新逢盛世
和风依旧入吾门

传家有道惟忠厚
处世无奇但率真

千古文章传至道
一堂孝友乐天伦

春风大雅能容物
秋水文章不染尘

清风无私雅爱我
修竹有节长呼君

风节为贞金乐石
心神如秋月春云

天近彩云连紫极
堂开东阁引青阳

五岳圭稜河气势
六经根底史波澜

胸中云梦波澜阔
眼底沧浪宇宙宽

秋菊春兰，晚香馥苦
商彝夏鼎，古意盎然

秋月照人，春风坐我
冬阳当户，夏雨过庭

庭除花芭邀文藻
座有兰言惬素心

孝友初心，诗书夙好
春秋佳日，山水清音

大好山水，小有乾坤
古道自处，今人与居

书房联

笔酣墨畅
心旷神怡

若知天下事
须读古今书

雨惊诗梦来蕉叶
风载书声出藕花

松风煮茗
竹雨谈诗

小屋堪容膝
窗晴好读书

花木清香庭院翠
琴书雅趣馆堂幽

隶宗秦汉
楷法晋唐

文章千古事
笔墨四时春

云淡雨香诗世界
水流花放画根源

书存金石气
室有蕙兰香

文史三冬足
芝兰一室香

石壁挂藤通篆意
桐阴滴露挹琴声

琴书多古意
水石澹幽居

闻鸡晨练笔
伴月夜读书

文成蕉叶书犹绿
吟到梅花字亦香

来看绝妙画
共赏无声诗

读书寄怀秋水
对友好坐春风

千管文毫争色彩
万家诗墨竞风流

雅琴飞白雪
高论横青云

风雅千秋韵味
清操一品香兰

闲处携书花下坐
兴来得句竹间吟

意飘云物外
诗入画图中

杯沾花露留佳客
案接云山捡异书

墨池烟霭花间露
茗鼎香浮竹外云

墨醉花香动
文成剑气豪

名画要如诗句读
古琴兼作水声听

闲拈古帖临池写
静捧奇书就月观

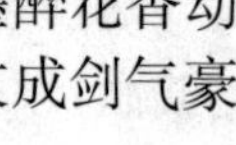

泽以长流乃谓远
山因直上而成高

名美尚欣闻过友
业高不废等身书

始信谈交宜久远
共怜诗兴转清新

岂有文章惊海内
偶存名迹在人间

风月一庭为良友
诗书半榻作严师

好书不厌看还读
益友何妨去复来

内室联

绮窗延皓月
绣幕引熏风

兰花香入梦
麟趾庆充闾

半窗月落梅无影
三径风来竹有声

齐眉举玉案
联句写霞章

祥光临绣户
喜气入兰房

月色平分窗一角
秋声半在树中间

画阁和风暖
深闺化日长

松柏当庭秀
芝兰入室香

飞花乱扑珠帘暖
新月斜窥玉槛明

绣屋藏金凤
香闺兆玉麟

琴瑟春常润
蟾蜍月共圆

秋月当窗云影淡
春风拂槛露花浓

室中春霭霭
窗外日迟迟

绣户留佳月
罗帏引惠风

禽声唤处窗前曙
月色明时酒半酣

月影窗前静
琴声雨后清

露香红玉树
风绽碧蟠桃

池上水光开镜浪
庭前草色映帘波

松柏老而健
芝兰清且香

日暖兰荪秀
风清桂子香

室有芝兰气味别
胸藏城府地天宽

瑶窗弄翠幌
宝镜耀新妆

梅香醉入梦
竹影懒横窗

梅窗邀月形同瘦
纱帐迎风梦亦清

松烟冲翠幄
云径绕花源

玉案琴声静
纱窗燕语娇

窗前草色侵吟席
帘外花香染画轩

厨房联

庖厨调五味
岁月庆三多

座饮中厨馔
筵开北海樽

熟食传于上古
佳肴掌自烹人

日日灶烟暖
年年福禄添

客至烹茶速
朋来煮酒频

第一戒为殄天物
有四钵可供客餐

盐梅终济用
气味自调匀

厨供千岁积
善达九天和

气味遍通人与物
公平早出性同天

后门联

门虽居在后
美必踵于前

阀阅开前第
台奎映后门

门虽设在后
福亦履其中

阁联

飞阁凌芳树
高窗度白云

楼栖沧海日
窗落敬亭山

高楼起百尺
玉树植千寻

客厅联

友天下士
读万卷书

田园自可乐
鱼鸟亦相亲

清潭三尺竹如意
宴坐一枝松养和

闲吟步竹石
长醉歌芳菲

丽日楼台春似海
清风杖履客如仙

友如作画须求淡
文似看山不喜平

竹风留客饮
松月伴宾茶

旧书细读犹多味
佳客能来不费招

登门皆是风云客
晤面堪称清白人

竹深留客处
荷净纳凉时

三径东边人醉酒
百年西去客寻春

人间岁月闲难得
天下知交老更深

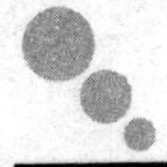

文房书斋联

画以流美
书以言情

苍松倚日
翠竹凌云

笔浮梅蕊
诗凝雪花

门无凤字
座有鸡谈

芝兰气味
湖海襟怀

笔秃千管
墨磨万锭

诗书益寿
金石延年

松风煮茗
竹雨谈诗

几净云生砚
窗明月映书

伴我书千卷
可人花一帘

书画怡且乐
金石寿而康

来看绝妙画
共赏无声诗

纵情挥笔墨
放胆舞龙蛇

文章清似玉
气节壮如松

墨研山水色
琴纳芭蕉声

雨过琴书润
风来翰墨香

雅琴飞白雪
高论横青云

泼墨写松石
破笔作黄山

藏古今学术
聚天地精华

益我书千卷
惊人笔一支

风云三尺剑
花鸟一床书

胸中荡霁月
笔底鼓风涛

寸阴良可惜
三径亦堪嘉

文飞书里凤
人仰骥中骝

清歌拟白雪
逸气上青云

为学心难满
忘言理自该

文气曲流水
高怀洽素风

春风清眼耳
书味润身心

落笔鱼惊藻
推轩月照人

为仁当守敬
进学在求知

会心语言外
乐地名教中

风月畅怀抱
诗书悦性灵

聊收静者趣
且读哲人书

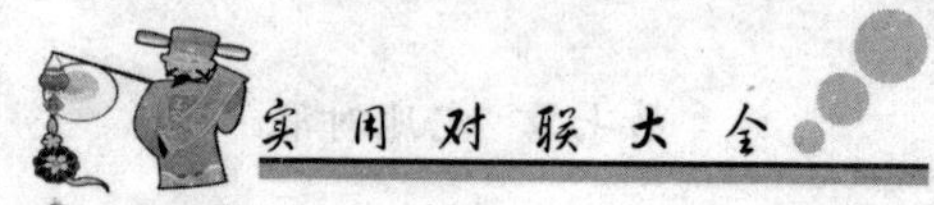

有节方能劲
虚怀可作师

文情生若春水
弦咏寄之天风

书从疑处翻成悟
文到穷时自有神

好事流芳千古
良书播惠九州

属对不嫌小道
文章自古多途

撑肠文字五千卷
试手清凉第一篇

闲居足以养志
至乐莫如读书

雪化冰消逢雨露
山穷水尽转平芜

端溪石砚宣城管
灵运诗篇逸少书

一生清风明月
四壁名绘法书

从来为学心须细
不待披云意已深

室有寄书樽有酒
门无俗客案无尘

耳门联

重门凝瑞
深院含辉

门巷规模古
文章大雅存

一代星初聚
重门日正融

窗户联

竹影遮窗绿
松荫覆座清

上窗迎晓日
下榻座春风

鹏程万里前程远
虎震群山雄风光

梅影横窗弱
松风拂座凉

庭前生秀色
窗外看宏图

重帘不卷留香久
虚幌无尘得月多

开窗窥白月
步云上青天

窗小临云近
人勤得福多

影压窗诗梦绿
荔香侵座酒波红

绣户薰风暖
纱窗旭日新

绣户香风洽
春庭晓景长

半窗花影人初起
一曲桐音月正高

花园联

石榻看云坐
溪窗听雨眠

桂香浮半月
竹影乱清风

月门含笑迎游客
池水溅花破霞云

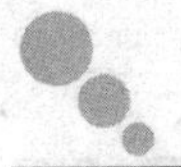

大门横批

德馨
瑞祺
光祥
景泰
毓秀
盛和
盈瑞
韶华
吉庆
鸿远
丰裕
瑞霭
曙云
旭昶
蕴曦
凝瑞
瑞轩
霁晴
颖晖
鸿霖
彤云
霁韵
积贤
惠德
聚馨

韶锦
集祥
悠恒
恒昌
邈览
德胜
诚笃
振嘉
致远
淑景
泰瑞
祥晖
祯祺
久远
鸿益
雅逸
书馥
贵宁
永乐
臻荣
晴岚
熙瑞
望福
万轩
嘉风

鸿业
庆泰
泽义
致富
康宁
茂丰
腾达
凯宏
艳春
博远
博杰
嘉和
安且吉
德和轩
永福居
可心宅
丰昌寓
五福轩
撷秀居
映瑞堂
如意轩
松竹梅
福禄寿
抱福庐
福林居

明德轩
康泰福
福乐安
裕丰宅
迎祥居
怀德轩
宇晴庐
德和聚
蕴福轩
步云界
顺德居
得贵庐
富春轩
寿源宅
乐满居
昶昇轩
怡兴宅
丰德轩
留春寓
积秀宅
恒昌居
滋盛宅
丰赢居
凝紫苑
悠远宅

紫光轩	听泉韵	福域祥宅	瑞气盈门
祺福祥	得壮观	钟灵毓秀	宏图大展
乐而康	致和轩	呈瑞焕彩	紫微高照
淡然庐	竹韵轩	庆吉居安	瑞霭盈轩
得月屏	梅馨斋	怡和其祥	华厦生辉
华锦春	蕴智居	福泽长流	祥光满室
福韵楼	萃茂芳	恒吉久安	门临百福
濯锦秋	康盛杰	人杰地灵	百世其昌
丽云阁	福瑞吉	万代宏基	安居乐业
明达智	乐无边	乔迁志喜	长发其祥
崇德惠	福其间	千秋大业	梅韵书香
雄风月	清风轩	福临吉地	福泽绵长
云逸宅	美裕康	地利人和	堂构鼎新
远芳飞	瑞气嘉风	新居焕彩	家兴业旺
瞻志楼	鸿业淑景	春满华堂	画堂春永
逸怀轩	卜云其吉	堂开燕喜	国安家庆
安福杰	业乐居安	莺迁燕贺	德门集

筑屋乔迁联

竖千年柱
架万代梁

山环水绕
人杰地灵

良辰安宅
吉日迁居

重门凝瑞
深宅含辉

艳阳悬顶
喜气绕楼

门含紫气
室染秋香

新门喜事
高第莺迁

门庭多福
日月重光

吉星高照
福地呈祥

莺迁乔木
燕入高楼

春光入户
燕语垂帘

燕贺新禧
莺歌阳春

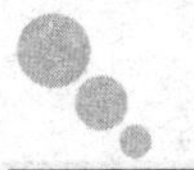

福临吉第
春满华堂

礼门义路
智水仁山

地利得人和
天时乐世新

太平居有后
安乐福无涯

一轮明月
四壁清风

院有锦绣
家藏经纶

此门安且吉
斯第寿而康

积德前程大
存仁后步宽

庭荣松柏
阶茂芝兰

云霞呈秀
梅柳生辉

春光盈宅域
喜气满门轩

进重门一步
添喜气十分

惠风和畅
化日舒长

奠定千秋业
撑起万载梁

吉日莺迁树
良辰燕入楼

深苑春光媚
重门瑞气浓

星移斗转
日升月恒

祥光浮紫阁
喜气绕朱轩

文明开景运
栋宇绕彤云

千流归在海
高路入云端

芝兰其室
凤凰来仪

上梁喜鹊叫
竖柱彩霞飞

华屋欢新卜
清风继旧踪

春临福宅地
福载善人家

物华涣彩
天宝呈祥

迁宅吉祥日
安居大有年

莺迁仁是里
燕喜德为邻

玳梁欣贺燕
乔木喜迁莺

和风甘雨
景星庆云

仁风春日煦
德泽福星明

迁宅吉祥日
安居大有年

华构贻谋远
乔迁裕后昆

厚能留后
愚可有余

家种吉祥草
宅开幸福门

国治生活美
家齐幸福多

平安传二字
和乐在三春

旭日悬栋
紫薇绕梁

玉堂映曙色
珠树发秋香

前耕心上地
后种书中田

仁风春日照
德泽福星明

劳动门第
幸福家庭

明月一轮满
德门四处和

承家多旧德
继代尽新民

堂前蕉叶翠
阶下榴花红

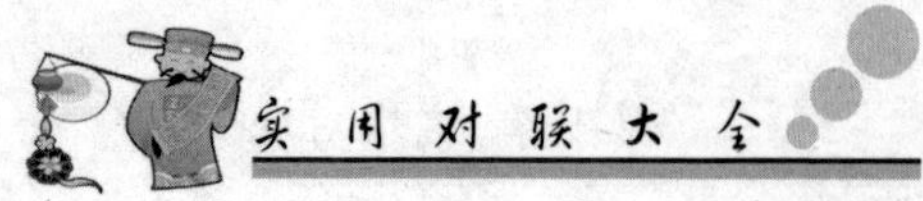

居之安山明水秀
人之和地久天长

九如宅院和为贵
五福门庭德是邻

户第映日新大厦
玉柱擎天展雄才

红日洒辉临吉宅
春风送暖入华堂

门迎春夏秋冬福
户纳东西南北祥

迁居喜逢吉祥日
安宅正遇如意春

莺过重门留好语
花开胜地吐奇香

凤宅又添四面友
鹤居更上一层楼

移门欲就山当枕
迁居常将水作琴

日月光华临画栏
山川环拱映雕栋

迁居喜遇吉祥日
择里正逢如意春

民重农桑能富国
光增新第喜齐家

庭前茅草皆生意
树上流莺作比邻

读书满座风云气
良友一堂富贵春

喜延明月长登户
自有春风奉扫门

翠梧久待朝阳凤
碧树初鸣出谷莺

吉第祥光开泰运
重门旭日耀阳春

住二楼高低惬意
处四睦宽厚为怀

潭第鼎新容驷马
华堂钟秀毓人龙

瑞绕重门增百福
春回甲第集千祥

小楼上下皆春意
新第旁围多睦邻

画栋连云光旧业
华堂映日霭新居

让富字安家落户
把穷神扫地出门

惠政赐来如意第
良工造就庆丰楼

江山聚秀归新宇
日月交辉映锦堂

莺喜乔迁吉祥屋
鸡鸣搬至向阳门

一年种谷，十年种木
百万买宅，千万买邻

新屋造就千般喜
满室和睦百事兴

迁高堂高堂结彩
居华宅华宅生辉

乔木葱茏，良辰卜宅
莺声婉转，吉日移居